부부가 둘 다 잘 먹었습니다

부부가 둘 다 잘 먹었습니다

성북동 소행성 부부의 일상 식사 일기

윤혜자 지음

몬스북
mons

차례

입춘
봄으로 들어가는 길목에 항아리를 씻고

춘분
추운 겨울을 이겨내고 나온 봄나물처럼

입하
잘 담근 오이지로 여름을 무찌르자

하지
여름 밥상은 푸르름이 반찬이다

'매일'이라는 난관을 뚫고

나에게 있어 이 책은 두 가지 의미에서 대단하다. 일 년간 자신과 타인을 위해 요리를 했다는 점에서, 또 그 요리를 일기로 기록했다는 점에서 그렇다. '매일'이라는 가장 어려운 고비를 넘어야 하는 이 두 가지 일을, 그것도 동시에 해낼 수 있는 사람은 어떤 사람일까. 저자인 윤혜자의 동네 친구로서 감히 말해 보자면 그는 '똑 부러지는 다정함'을 가진 사람이다. 그의 다정함은 허투루 낭비되지 않는다. 그래서 그는 그것으로 사랑하는 남편과 친구들을 위해 끊임없이 요리를 배우고, 아무리 추운 날에도 새로 담근 김치를 전달하기 위해 우리 집 쪽을 향해 씩씩하게 걷고, 환경 오염과 기후 위기를 걱정하는 마음으로 육식을 지양하면서도 육식을 즐기는 벗의 행복을 존중하며, 그러고도 조금 남은 다정함은 또 다른 다정한 존재들과 함께 술을 나눠 마시고 장렬히 뻗는 데에 알뜰하게 쓴다.

이 책을 읽으며 그의 지난 일 년 속에 내가 언뜻언뜻 보일 때마다 얼마나 기쁘고 감사했는지 그는 알까. 앞으로 다가올 그의 '매일들' 안에서도 내가 여전히 기거할 수 있었으면 좋겠다.

요조(뮤지션, 작가)

너무 높지 않은 곳에 있어서 좋은 밥상

인스타그램에 매일 연재하던 아내의 식사 일기는 '인스타그
래머블 하지 않은' 포스팅으로 유명세를 떨쳤다. 그럴 수밖
에 없는 게 우리 둘이 매일 먹는 음식이라는 게 밥과 김치,
된장을 기본으로 하는 국 그리고 새로 만든 반찬 한 가지일
정도로 단순한 밥상이기 때문이다. 예쁜 사람들과 팬시한
음식 사진이 넘쳐나는 공간에서 사람들은 왜 아내의 일기를
즐겨 보고 댓글을 달았을까. 식재료나 조리법을 궁금해하는
사람들에게 아내가 정성껏 대답을 해주거나 구입처를 알려
줬기 때문일까. 그보다는 세련된 식재료나 비싼 그릇, 커트
러리로 장식한 식탁이 너무 높아 보이는 반면 아내가 차리
는 소박한 밥상은 그리 높지 않은 곳에 있다는 느낌을 주어
서가 아닐까 짐작해 본다.

　　기자 출신이자 출판 기획자로 일하는 아내의 글은 자
신이 차리는 밥상만큼이나 단순하고 소박하다. 하지만 그
속엔 끼니마다 부엌에서 솥밥을 해 먹어야 하는 이유와 철
학이 들어 있고 뒤늦게 채식 지향자의 길로 들어선 자의 고
민이 담겨 있다. 물론 집에서 해 먹는 집밥 얘기만 있는 건
아니다. 동네 음식점을 비롯해 요리를 배우러 다니는 지리

산, 연희동, 광장시장에서 만난 사람들의 음식과 이야기로 촘촘하다. 세상에서 제일 맛있는 음식은 친한 친구들과 나눠 먹는 음식이라는 생각을 가졌기에 그는 손도 크고 오지랖도 넓다. 그만큼 '허당끼'도 있는데, 예를 들어 식재료가 잘 들러붙는 스테인리스 팬으로 달걀말이에 성공한 뒤 자랑하는 이야기가 있는가 하면, 몇 페이지 뒤엔 낡은 프라이팬을 몇 년씩 쓰던 엄마를 떠올리며 눈물을 짓기도 한다.

　나로서는 새로울 게 없는 밥상 이야기라 생각했는데 밥 냄새에 이끌려 들어가 읽다 보면 어느새 사람 냄새가 난다. 그래서 그런지 동네에 사는 요조, 임세미, 양익준 같은 유명인은 물론이고 준일 씨 커플 같은 평범한 사람들도 아내의 음식 앞에서는 무장 해제다. 아마 이 책을 읽는 당신도 그렇게 될 것이다.

　출판사 대표님이 나에게 이 책의 추천사를 쓰라고 할 때만 해도 농담이라고 생각했다. 하지만 원고를 꼼꼼히 읽고 나니 생각이 변했다. 이 책은 우리가 매일 먹는 밥상만 바꿔도 몸은 물론이고 인생까지 변한다는 것을 증거해 주는 따뜻한 기록이다. 법정에서 거짓말을 하면 위증죄로 처벌받지만 이 글은 추천사이므로 그럴 위험이 없다. 하지만 나는 설사 내일 법이 바뀐다고 해도 절대 체포되지 않을 자신이 있다. 거짓말이 아니라는 얘기다.

편성준
(『부부가 둘 다 놀고 있습니다』의 저자이자 윤혜자의 남편)

밥상을 차리며 매일 배웁니다

이 책은 2021년 10월 1일부터 2022년 9월 30일까지 일 년간 쓴 저의 식사 일기입니다. 제가 무엇을, 어디서, 어떻게, 누구와 먹었는지에 대한 기록이죠. 구매한 식재료가 어떤 경로로 내 식탁에 오르게 되었는지 그리고 어떤 방법으로 조리를 하였는지 등에 대한 이야기입니다. 같은 음식을 여러 번 하더라도 기록해 두지 않으면 매번 조리법이 조금씩 바뀌니 왠지 나의 음식이 아닌 것 같아 그것을 기억하기 위해 썼습니다. 일 년간의 밥상을 제대로 기록하면 내 밥상의 흐름을 알고 다음 해, 그다음 해에 음식을 할 때 도움이 되지 않을까 하는 생각이 들었기 때문입니다.

제 부엌 경력은 올해 11년째로 우리 부부가 같이 밥을 먹기 시작한 시간과 같습니다. 제가 음식에 관심을 갖기 시작한 때와 비슷하죠. 전 먹는 것에 그리 관심이 없었지만 제 남편은 혼자 살면서도 스스로 아침밥을 챙겨 먹는 사람이었습니다. 그런 남편에게 따뜻한 밥상을 차려주고 싶었죠. 그런데 결혼하면 당연히 생길 것이라 믿었던 음식 솜씨는 저에겐 없었고, 배우면서 익혀야만 할 수 있는 사람이라는 것을 뒤늦게 알게 되었죠. 요리 수업을 다니고 음식을 공부하며 무엇을 어떻게 먹는 게 바르게 먹는 것인지, 식재료는 어떤 환경에서 생산되어야 하는지 조금씩 알게 되었습니다. 이 과정에서 제가 내린 결론은 '내가 무엇을 먹는지 정확하게 알고, 덜 먹고, 덜 버리고, 제철의 것으로 단순하게 먹자!'였습니다. 이 일기는 바로 그런 저의 기록입니다.

결혼 초기에 저는 우리 부부의 식생활 패턴도 알지 못하고 남이 먹는 대로, 하는 대로 따라 했습니다. 내가 고기를 좋아하지 않는다는 사실도 어느 날 제육볶음을 내놓자 남편이 "오늘 무슨 날인데 고기 반찬이야?"라고 물어 내가 고기 음식을 하지 않는다는 것을 깨달았고, 그것은 내가 고기를 좋아하지 않기 때문이라는 것을 알 정도였습니다. 우리 부부의 식생활을 정확히 아는 데까지 적지 않은 시간이 걸렸습니다. 우리는 밑반찬이라 불리며 여러 차례 밥상에 오르는 반찬을 좋아하지 않아 김치와 한 번 먹을 만큼의 한두 가지 반찬만 있으면 되는 사람이었습니다. 우리 부부의 식생활 패턴을 정확하게 알고 나니 우리 집 밥상은 촌스러울 정도로 단순해졌고, 버리는 식재료는 눈에 띄게 줄었습니다.

저는 돼지, 소, 닭 등 육류를 먹지 않는 페스코 베지테리언입니다. 남편은 고기를 먹지만 제가 고기 음식을 해주진 않습니다. 따라서 이 책에는 고기 음식은 거의 등장하지 않고 밥, 국, 김치와 반찬으로 구성되는 언제 먹어도 물리지 않는 토종 한국식이 대부분입니다. 밥상은 다채롭지도 솜씨를 자랑할 만하지도 않으니 읽으며 '이 정도는 나도 할 수 있다.'는 생각이 들었으면 합니다. 그리고 그 생각으로 한 번이라도 더 자신을, 가족을, 친구를 위해 따듯한 밥을 가벼운 마음으로 즐겁게 지을 수 있길 바랍니다.

2023년 이른 봄 윤혜자

한 로

찬 이슬을 맞으니
따뜻한 음식에 끌린다

문 잠가라, 가을 아욱국 끓였다

2021년 10월 1일

밤새 거센 바람이 불고 비가 내렸다. 새벽에 마당을 보니 큰일이 일어나진 않았지만 나뭇잎이 수챗구멍을 덮어 한옥의 마당은 작은 연못이 되었다.

　　오전 내내 줌 강의가 예정되어 있는 터라 아침은 외식을 할 생각이었다. 그런데 동네 친구가 준 아욱이 냉장고에서 아우성을 쳤다. '나를 묵히지 말고 어서 먹어달라.'고. 일찍 일어난 김에 아욱국을 끓이기로 마음먹었다. 맛있는 아욱 된장국에 밥을 말아 먹을 생각을 하니 배가 고팠다.

아욱은 봄과 가을이 제철인 나물이다. 그런데 유독 가을 아욱국은 문을 걸어 잠그고 먹는다고 한다. 왜 그럴까? 음식을 해보니 알겠더라. 봄 아욱보다 가을 아욱이 더 부드럽고 고소하다.

아욱은 박박 비벼서 씻어 나물의 풋내와 비린내를 제거해야 한다. 아욱을 힘껏 치대던 엄마의 모습이 잠깐 떠올랐다. 맹물보다는 쌀뜨물로 국물을 잡고 된장을 풀고 건새우를 넣어 끓인다. 단맛과 조미 맛이 적은 직접 담근 된장을 넣어 끓이면 금상첨화다.

요즘은 사시사철 먹거리가 풍성해 제철 음식이 따로 없지만 그래도 계절의 해와 바람을 맞고 자란 제철 식재료는 뭐가 달라도 다르다. 에너지를 품고 있다고 해야 할까? 할 수 있다면 제철 식재료로 음식을 해 먹으려 노력하는 이유다.

밤은 왜 깎지 않고 친다고 말할까
10월 2일

한 번도 생밤을 깎아본 적이 없다. 처음 밤을 손질하며 밤을 깎지 않고 '친다'고 하는 의미를 알게 되었다. 우리나라에서 밤은 매우 중요한 식량이었고 지금도 관혼상제 상차림에 밤을 꼭 올린다. 이때 밤 껍질을 벗기고 각이 지게 쳐서 높이 괴어 올렸다. 동글게 이쁘게 깎은 것으로는 높게 쌓아 올릴 수 없으니 한 번에 힘을 주어 각을 만들었다. 게다가 깎는 일엔 시간의 지속성이 있다. 반면 치는 일은 한순간이다. 제사상에 올리는 밤은 종손이 한 번 치고, 보통 먹는 밤은 엄마들이 일삼아 제법 시간을 들여 깎았다.

  고급 술집에는 생률이라는 안주가 있다. 생률을 주문하면 잘 손질된 생밤 몇 알이 나온다. 입에 물고 깨물면 뿌드득 소리를 내며 갈라진다. 밤을 씹고 위스키 한 모금을 마시면 밤의 약간 떫은맛이 위스키와 만나 술의 향과 맛이 더 풍성해진다. 생률과 위스키는 기가 막히게 잘 어울린다.

생률은 안주 중에도 비싼 안주다. 어떤 조리도 하지 않은 생밤이 왜 그렇게 비싼지 이해할 수 없었는데 난생처음 밤을 손질하며 알았다. 밤을 먹기에도 보기에도 좋게 손질하는 데는 시간이 적지 않게 걸리기 때문이다.

필러로 밤을 쳐내듯 힘들게 깎았는데 밤 깎는 가위가 별로 비싸지도 않고 성능도 좋다는 조언을 들었다. 그러나 밤 깎는 가위를 사지 않을 것이다. 일 년에 밤을 몇 번이나 손질할까 생각하면 그 답이 나온다.

반찬으로 안주로 달걀만 한 식재료가 없다
10월 4일

달걀 음식을 참 좋아한다. 그래서 맛있는 달걀과 쉬운 달걀 요리법을 알게 되면 신이 난다. 어렸을 때 도시락을 열어 납작한 달걀프라이가 밥 위에 얹어 있으면 그게 그렇게 기분이 좋았다. 사랑을 듬뿍 받는 기분이랄까? 물론 그 일은 그리 흔하게 내게 일어나는 일이 아니었다. 우린 식구가 많았고 모두의 도시락에 달걀을 얹어줄 만큼 형편이 넉넉하지 않았기 때문이다.

어젠 친구들이 집에 와 작은 마당에서 신나게 놀았다. 우리 집에 오면 종종 자고 가는 배우 승연(영화 <벌새>에서 주인공 은희의 엄마 역을 연기한 배우로 오랜 친구다.)도 같이 신나게 마시며 노느라 나도 남편도, 우리 집 손님방에 세를 사는 혜민 씨도 숙취로 제 컨디션이 아니었다. 냉장고엔 별 식재료가 없어 달걀찜을 반찬으로 냈다.

양파를 잘게 썰고 지리 멸치는 가볍게 물에 헹궈 물기를 뺐다. 달걀 5개에 소금을 조금 넣어 풀었다. 양파를 기름에 볶다 지리 멸치도 넣어 같이 볶고 물을 반 컵 넣어 끓으면 풀어둔 달걀을 넣고 젓는다. 달걀이 70퍼센트쯤 익으면 불을 약하게 줄이고 뚜껑을 덮어 달걀이 봉긋하게 올라오길 기다린다. 약간 싱겁게 만든 달걀찜은 속풀이에도 좋다.

맛있는 달걀 음식을 위해선 신선하고 맛있는 달걀을 고르는 게 중요하다. 신선한 달걀로 프라이를 하면 노른자는 물론이고 흰자도 봉긋하게 올라온다. 난 가급적 자연 방사 유정란을 구매하는데 농부가 어떻게 닭을 기르는지 확인할 수 있는 농가의 것을 골라 먹는다. 닭이든 소든 돼지든

공장식 사육을 반대하는 내가 하는 작은 실천이다.

　채식을 지향하지만 달걀과 해산물, 생선 그리고 치즈, 버터 등의 유제품을 끊지 못했다. 대신 예전보다 덜 먹으려 노력 중이다.

김치에 진심과 정성을 다하는 칼국숫집을 좋아한다
10월 5일

칼국수, 라면, 우동, 쫄면, 냉면, 파스타, 짜장면 등 종류도
가리지 않고 면 음식을 좋아한다. 이 중 가장 좋아하는 면
음식은 쫄면이고 다음은 칼국수다. 행운인지 내가 사는 성
북동엔 맛있는 국숫집이 많다. 그러나 대부분 소고기 육수
기반의 국숫집들이라 육식을 끊은 후론 가지 않는다. 대신
바지락이나 해물 칼국숫집을 찾아 다닌다.

　　칼국숫집은 칼국수도 맛있어야 하지만 김치 맛이 좋
아야 한다. 명동교자는 마늘을 잔뜩 넣은 매운 김치를 주는
데 종종 생각이 난다. 오늘 간 돈암제일시장의 서도칼국수

에서 내놓는 겉절이도 맛이 좋은 편이다. 성신여대입구역 근처의 대원칼국수는 주문을 하면 그때그때 겉절이를 무쳐 내놓아 유명세를 얻었다. 최근 반한 칼국숫집은 신당동 중앙시장의 원조 홍두깨 칼국수다. 김치 맛집으로 유명해져 김치를 따로 포장 판매한다. 물론 해물 국물 기본의 국수 맛도 좋다. 참, 경북 영주의 명소 나드리 쫄면도 김치가 참 맛있었다. 김치가 맛있는 쫄면집이라니, 내게 안성맞춤한 집이다.

칼국숫집뿐만 아니라 일반 음식점에서 내가 그 집의 수준을 파악하는 바로미터는 김치다. 김치를 직접 담가 내놓는 것이 꼭 옳은 것은 아니지만 주인이 직접 담가 내주는 집에 더 마음이 간다.

엄마는 종종 한겨울에 마당에 묻은 김치 항아리에서 막 꺼낸 잘 익은 김장 김치를 길게 찢어 내 밥숟가락 위에 얹어주었다. 그래서인지 잘 익은 김장 김치와 엄마는 언제나 세트로 떠오른다.

조금 귀찮아도 매 끼니 새 반찬 하나는 놓으려 한다
10월 6일

냉장고에 마른 찬이나 밑반찬을 두지 않는 편이다. 그래서 냉장고에 식재료는 있지만 당장 먹을 수 있는 반찬은 거의 없다. 신혼 초엔 이것저것 반찬을 해서 넣어 두었던 것 같다. 그런데 연속해 두어 번 먹은 반찬에는 더 이상 손이 가지 않아 버리기 일쑤였다. 음식을 가리지 않는 남편도 같은 반찬을 여러 번 먹지 않는다. 나 역시도 마른반찬이나 밑반찬을 별로 좋아하지 않고, 좋아하더라도 같은 찬이 세 번째 오르면 더 먹지 않는다.

그래서 상에 올리는 반찬의 수를 줄이기로 했다. 대신 한 가지를 올려도 제대로 맛있는 것을 올리기로 마음먹었다. 그러다 보니 밥을 할 때마다 반찬 한 가지 정도를 해야 하고 당연히 끼니 준비 때마다 여간 분주한 게 아니다.

　　가장 먼저 쌀을 씻어 불리고 반찬용 식재료를 손질한다. 오늘은 미역국과 쌈 채소 그리고 무말랭이무침을 준비했다. 미역과 무말랭이는 물에 넣어 불리고 냄비에 다시마와 표고버섯을 넣어 미역국용 채수를 낸다. 쌈 채소도 씻어 물기를 빼야 한다. 무말랭이무침 양념은 그나마 있던 김치 양념을 응용하기로 해서 한숨 놓았다.

　　매 끼니 비슷한 과정을 거치며 식사를 준비한다. 전기 밥솥을 사용하고 날을 잡아 여러 가지 반찬을 해서 냉장고에 보관하고 먹으면 편하겠지만 난 다소 번거로운 지금의 식사 준비 과정이 좋다. 끼니를 이렇게 준비해 먹으면 더 맛있게 느껴지기 때문이다. 내일의 식재료는 불려 삶아둔 고사리나물이다.

쌀을 살 때 품종과 도정일을 살핀다
10월 8일

밥이 참 좋다. 고기보다 밥, 술보다 밥, 파인 다이닝보다 잘 지은 밥을 내놓는 밥집이 좋다. 그러나 아쉽게도 잘 지은 맛있는 밥을 내놓는 음식점을 만나기는 참 어렵다.

지금까지 먹어본 밥 중에 가장 기억에 남는 맛있는 밥은 세계에서 가장 이쁜 책방 순위에 올랐던 일본 교토 게이분샤 서점 근처의 '츠바메'라는 작은 음식점에서 만났다. 결혼 5주년 기념으로 남편과 교토 여행 중이었고 전날 어찌나 술을 많이 마셨는지 숙취로 물도 제대로 넘기지 못하는 상태였는데도 어렵게 간 음식점이라 그날의 정식을 주문했다. 억지로 밥을 한 숟가락 떠서 입에 넣었는데 밥맛에 놀라 눈이 번쩍 뜨였다. 별 특별할 것도 없는 상차림이었고 젊은 여자 두 분이서 카페를 겸해 운영하는 작은 음식점이었는데 밥이 정말 맛있었다. 일본 음식점은 밥을 미리 지어놓더라도 밥상에 내놓을 때 퍼서 준다. 이렇게만 해도 밥맛은 훨씬 좋다. 우리 부부가 자주 가는 동네 뷔페식 백반집은 큰 솥에 밥을 담아두고 손님이 알아서 덜어 먹는 방식이다. 특별할 것 없는 이 집의 밥이 맛있는 이유는 담긴 밥이 아닌 바로 덜어 먹는 밥이라서라고 믿는다.

맛있는 밥을 먹기 위해 내가 실천하는 일이 몇 가지 있다.

첫째, 먹을 때마다 밥을 짓는다. 우리 집에는 전기밥솥이 없다. 별 필요를 느끼지 못하고 자리를 차지하는 것이 싫어서 구매하지 않았다. 대신 결혼 초에 선물 받은 6만 원 상당의 압력솥에 가급적 매 끼니 밥을 지으려 노력한다. 밥 중 최고는 고소하고 달콤한 향이 나는 갓 지은 밥이기 때문이다.

둘째, 밥을 할 때 반드시 계량컵을 사용한다. 쌀 한 컵에 물 한 컵으로 밥을 지으면 실패가 없다. 200밀리리터의 계량컵에 쌀 한 컵이면 우리 부부가 한 끼 먹기에 적절한 양이다. 계량컵을 쌀을 보관하는 통에 같이 넣어둔다. 쌀은 가

30

급적 4~5킬로그램 소포장으로 산다.

셋째, 쌀을 구매할 땐 포장에 적힌 품종과 도정일을 반드시 살핀다. 한 가지 품종을 담은 쌀은 '단일미', 여러 품종의 쌀을 섞어 한 봉지에 담은 것은 '혼합미'다. 구매한 후엔 포장을 벗겨 삼베 주머니에 담고 다시 큰 밀폐 통에 담아 김치냉장고에 보관한다. 그래야 맛과 향이 먹는 동안 유지된다고 배웠다. 도정일은 가급적 내게 도착한 날과 가까운 날이면 좋다.

밥 한 그릇을 먹더라도 조금 더 정성을 들여 먹으려 노력한다. 그것이 애써 농사지은 분들에 대한 보답이기도 하고 나를 위해서도 좋은 일이라 생각한다. 어떻게 도정일, 포장일까지 따져가며 쌀을 사냐고 하겠지만 소비자가 까다로우면 생산자 그리고 유통하는 사람들도 조금 더 신경을 쓸 것이라고 믿는다. 그리고 이런 까다로운 소비가 선순환되기를 바란다.

솥밥을 지을 땐 마지막에 불을 세게 한 번 올린다
10월 13일

좋은 조리 도구 덕분에 음식 하기가 수월하다. 밥도 그렇다. 성능 좋은 전기 압력솥이면 못 하는 밥이 없다. 내가 사용하는 밥솥은 6만~7만 원짜리 압력솥과 작은 가마솥이다. 햅쌀로 밥을 지을 때는 압력솥보다는 가마솥이나 냄비를 사용해야 밥알도 향도 더 살아 맛있다.

가마솥에 밥을 더 맛있게 하는 방법은 쌀이 솥에서 부르르 끓으며 물이 졸아들면 주걱으로 쌀을 위아래로 섞은 후 뜸을 들이고 마지막 1분 정도는 불을 세게 올리는 게 포인트다. 센 불로 남은 수분을 날리면서 밥알에 힘이 생기고 더 탱글탱글해지기 때문이다.

새로운 식재료, 열매마를 만나다
10월 15일

전북 장수에서 농사를 짓는 분이 '열매마'를 심었는데 제법 많이 났다며 판매를 하기에 덥석 샀다. 먹는 법도 모르고 요리법도 모르지만 일반 마와 같겠지 예상했다. 덩굴에서 자란 식물이라 흙이 묻지 않아 깨끗했고 일반 마보다 더 단단했다.

큼직한 거 하나를 골라 씻어 껍질을 필러로 벗기니 역시 미끈미끈한 게 마가 맞다 싶었다. 애초에는 밥에 넣어 먹을 생각이었는데 한 조각 먹어보니 약간 떫고 풋내가 살짝 나서 기름에 지지기로 마음을 바꿨다.

기름을 넉넉히 두른 팬에 올리고 소금을 살짝 뿌려 단

단한 마가 물컹해지도록 오래 구웠다. 남편은 제법 잘 먹었고 고소한 맛을 원했던 나는 간장을 찍어 먹었다.

새로운 식재료를 만나면 새로운 요리법에 대해 고민을 하다 블로그를 검색한다. 비슷비슷한 요리법 중 한 가지를 선택해 흉내를 내면서 새로운 요리법에 익숙해진다. 열매마 요리법도 검색하니 기름에 지지는 방법이 가장 많았다.

두 사람보다는 세 사람을 위한 밥상이 좋다
10월 16일

우리 집에는 우리 부부 외에 고양이 순자와 손님방에 세를 들어 사는 혜민 씨가 있다. 혜민 씨 방은 손님 용도로 만들어서 욕실은 있지만 주방은 없다. 주방이 없는 방이지만 혜민 씨는 별 문제가 되지 않는다며 세를 들어왔다. 나는 혜민 씨에게 우리 주방을 편하게 사용하라고 했다. 냉장고에 들어 있는 음식은 먹기 위한 음식이니 같이 먹어도 좋다고 했다. 그리고 불편하지 않다면 종종 우리 부부와 같이 밥을 먹자고 했다.

그래서 혜민 씨와 우리 부부는 가끔 밥을 같이 먹는다. 평일 저녁에는 내가 차린 밥을 먹기도 하고, 같이 나가서 사먹기도 한다. 토요일 아침에는 대체로 집에서 내가 지은 밥을 같이 먹는다. 오늘은 그런 날이다.

솥에 밥을 짓고, 아욱국을 끓였다. 냉장고에 있는 반찬을 꺼내 대충 아침을 차렸다. 그런데 이상하게 남편과 둘이 먹는 밥보다 셋이 먹는 밥이 더 맛있게 느껴진다. 밥을 차리는 내 입장에서도 같은 일은 하는데 둘이 아닌 셋을 위한 밥상을 차린다고 생각하니 더 효율적으로 느껴진다. 정말이지 둘이 먹는 것보다 밥을 조금 더 하고 수저만 한 벌 더 놓으면 된다. 그런데 이 한 벌의 수저가 식사 자리를 무척 풍성하게 만든다. 사진으로 봐도 두 사람의 밥상보다 세 사람의 밥상이 훨씬 풍성하다. 참으로 신기한 일이다.

아침 반찬으로 고수를 무치다
10월 17일

고수를 좋아한다. 오늘 아침 반찬으론 고수무침을 했다. 무침이라곤 하지만 아주 간단한 샐러드다. 소금, 들기름, 간장, 깨소금을 넣고 살짝 버무린 정도다.

처음 고수를 먹은 것은 스물여덟 살, 취재차 베트남 호찌민에 갔을 때다. 당시 가이드는 김일성대학에서 한국어를 배운 베트남 노인이었다. 식사를 어떻게 하고 싶냐 물어 가이드 선생이 자주 가는 음식점에 가자고 했더니 베트남 현지 사람들에게 인기 좋은 쌀국숫집에 여러 차례 데려가 줬다. 그곳 사람들이 시키는 대로 음식을 주문하고 그들이 먹는 대로 따라 먹었다. 베트남 향신채가 잔뜩 든 쌀국수를 처음 먹었을 땐 화장품 국물을 들이켜는 것 같았다. 그런데 일주일간의 취재를 마치고 한국에 돌아올 즈음엔 그 맛에 익숙해졌고 화장품 냄새를 풍기던 채소가 고수라는 것을 돌아와서 알게 되었다. 베트남 쌀국수에서 고수는 육수의 느끼한 맛을 없애는 역할을 한다. 기름기가 많은 음식에도 흔히 사용되는데 이때는 음식의 맛을 잡아주고 강한 고기의 잡내는 약화시키는 역할이다.

고수는 미나리과 식물이다. 동남아 음식의 유행과 함께 우리에게 친근해진 지 그리 오래되지 않았지만 문헌상으론 고려 때부터 우리 땅에서 길러졌고 경기도, 충청남도, 전라도, 황해도 지역에서 주로 먹었다고 한다. 이 지역에선 고수를 무침으로, 김치로 먹었고 조선족 사이에서 깻잎이나 방아잎처럼 흔하게 사용된다고 한다. 다만 '빈대풀'이란 별칭을 가진 것처럼 그 독특한 향 때문에 호불호가 뚜렷하다. 모든 채소가 그렇듯 고수도 뿌리부터 줄기, 잎 모두 먹을 수 있고 잎보다는 줄기, 줄기보다는 뿌리의 향이 강하다.

처음 시도가 어렵지만 이 고수의 맛에 빠지면 헤어나오기 어렵다. 고수무침은 물론이고 고수김치도 그 독특한 향 덕분에 매력적이다.

김훈 작가만 끓이나 나도 끓인다, 라면
10월 18일

혼자 있을 땐 라면을 끓인다. 이상하게 혼자를 위한 밥상 차리기는 참 싫다. 귀찮다기보다 그냥 싫다. 게다가 전날 술이라도 마셨다면 더 싫다. 오늘은 그런 날이다.

남편은 일찍 일을 보러 나갔고 난 전날 마신 술 때문에 속이 쓰렸다. 오전 내 아무것도 못 하다 점심때가 되어서야 기운이 좀 났다. 호박을 채 썰고 고춧가루도 반 스푼 정도 넣고 달걀을 풀어 제법 요리 같은 라면을 끓였다.

좋아하는 라면은 유행에 따라 변했다. 자라면서 다양한 라면을 먹었는데 인생에서 맛있게 먹었던 라면을 꼽으라면 고등학생 땐 짧은 쉬는 시간에, 대학생 때는 중앙도서관 자동 판매기에서, 성인이 된 후론 등산을 다니며 산에서 먹었던 컵라면이다. 뻔한 라면이지만 언제 어디서 그리고 상황에 따라 맛이 기억과 함께 남는다. 그리고 라면에 대한 나의 욕망을 깨우는 것은 '너구리'다. 몇 년 전부터는 너구리 대신 '오동통면'을 먹는데 그 통통한 면발과 라면에 든 다시마 때문에 조금 대접받는 느낌이 든다.

요즘엔 채식 라면으로 나만의 맛을 만드는 중이다. 개운하게 먹고 싶을 땐 물 양을 조금 더 잡고 콩나물을 듬뿍 넣고 여기에 청양고추와 파 그리고 고춧가루 반 스푼을 넣는다. 오늘처럼 속을 다스리고 싶을 땐 물 양은 라면 봉지에 쓰인 레시피대로 하고 호박을 채 썰어 넣고 고춧가루 반 스푼, 달걀 한 알을 넣는다. 약간 짭짤하지만 달걀과 호박이 짠맛을 조금 잡아준다.

라면, 이게 뭐라고 이리 정성스럽게 끓이냐 싶다가도 라면, 또 이만한 음식이 없다는 것에 위안을 얻는다.

쓰레기를 더 줄이는 방법을 고민한다
10월 20일

아무리 노력해도 쓰레기가 좀처럼 줄지 않는다. 오늘 아침만 해도 낫토를 하나 먹겠다고 포장을 벗기니 낫토가 들었던 플라스틱 그릇, 낫토를 덮은 1차 비닐 포장, 간장과 겨자가 담긴 작은 비닐 그리고 다시 비닐 포장 그리고 이것들은 두 개씩 비닐로 묶였고 또다시 여덟 개를 포장한 비닐까지….

음식 쓰레기도 적지 않다. 채소 다듬으며 나오는 것, 밥을 먹은 후 한두 젓가락 남긴 반찬, 특히 손님맞이를 하고 난 후엔 음식 쓰레기가 말도 못 하게 많이 나온다. 편하다는 이유로 사용하는 온라인 쇼핑의 포장재도 쓰레기의 큰 부분을 차지한다.

장바구니를 들고 다니고, 배달 음식을 먹지 않고, 밀키트를 구입하지 않아도 이 지경인데 만약 그렇지 않으면 어떨지 상상하기도 싫다.

고기 끊고 가장 아쉬운 음식, 만두
10월 21일

나는 공장식 사육을 반대한다. 반대한다고 해서 피켓을 들고 나가 서 있을 수도 없고 하여 나만의 작은 실천으로 소, 닭, 돼지 등의 고기를 끊었다. 사람들이 덜 먹으면 조금이라도 덜 키우겠지라는 아주 순진한 생각에서다.

고기를 끊고 아쉬운 음식이 몇 가지 있다. 만두는 그중 대표적인 음식이다. 시중에서 판매하는 대부분의 만두에는 돼지고기나 닭고기가 들었다. 채식 만두를 몇 번 먹었는데 역시 조금 허전했다. 만두를 좋아하는데 시중에 판매되는 만두를 먹지 못한다면 스스로 만들어 먹어야 한다. 그런데 이게 또 쉬운 일이 아니다. 그래서 지난 3월 채식을 시작한 이후로 그 좋아하는 만두를 거의 먹지 못한다. 남대문시장의 좋아하는 만둣집 앞에선 일없이 우두커니 서 있기도 했고, 동네의 김이 서린 만둣집 유리창 안을 하염없이 들여다본 적도 있다. 어쩌면 발견할 수 있을지 모른다는 집념으로 마트 냉동고의 만두 포장 뒷면을 꼼꼼히 읽어내린 것은 한두 번이 아니다.

이런 내 식성을 잘 아는 동네 친구 세희 씨가 지난 추석에 직접 만들어 냉동한 만두를 주었다. 이 만두를 냉동고에 계속 고이 보관하다 오늘에서야 꺼내 된장국에 넣어 만둣국을 끓였다. 배추와 두부로 속을 채운 담백한 만두인데 정말 맛있다. 세희 씨네 식구들은 맛있게 먹으며 남들은 안 좋아할 맛이라고 한단다. 나는 세희 씨네 식구인가?

김장 준비를 위해 이제라도 엑셀을 배워야 하나
10월 22일

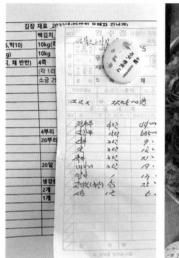

날이 쌀쌀해지기 시작하면 나는 슬슬 김장을 준비한다. 올해는 고춧가루부터 시작했고, 그다음 절임 배추를 예약했다. 스스로 김치를 담가 먹기 시작한 것은 대략 6~7년 전부터다. 그 전에는 여기저기서 얻어먹었다. 김장을 시작한 것은 6년 전부터이며, 혼자 김장을 시작한 것은 4년 전이다.

김장을 시작한 첫 두 해는 고은정 선생님의 제철음식학교 김장 수업에서 같이 담갔고 세 번째 김장부터는 '김장 독립'을 선언했다. 독립 선언 첫해엔 혼자 담갔다. 그런데 역시 김장은 같이 담가야 즐거움도 맛도 배가되는 것 같아 같이할 동지를 찾았고, 종종 같이 여행을 다니는 박재희 선생님이 뜻을 같이해, 두 해를 같이 담갔다. 박재희 선생님은 나와 담근 김장이 생애 첫 김장, 심지어 첫 김치였다.

올해는 두 차례에 나눠 김장을 할 예정이다. 한 차례는 우리 집에서 진행되는 제철음식학교 서울교실 수강생들과 고은정 선생님을 모시고, 다른 한 차례는 지난해와 같이 박재희 선생님과 둘이 우리 집 김장을 한다. 나는 이 두 김장을 위해 장을 보아야 하고, 장 본 금액을 잘 계산해 누구의 마음도 상하지 않도록 해야 한다.

올해의 김장은 배추김치, 알타리김치, 백김치, 굴깍두기다. 네 가지 김치를 위해 레시피를 다시 살피고 그 레시피를 토대로 재료의 양을 계산하며 장을 봐야 할 목록을 적는데 눈이 돌고 머리가 어질했다. 이럴 때 엑셀을 잘 다루면 무척 편하겠다는 생각이 들었다.

얻어걸린 맛 좋은 배춧국
10월 23일

내 음식은 대체로 간장과 된장이 다 한다. 웬만한 된장국은 다 먹을 만하고 간장으로 간을 맞추는 미역국도 꽤 괜찮다. 여러 해 동안 장을 담가왔고 그래서 묵은 장이 있어 이것들이 한몫을 톡톡히 해낸다.

일주일쯤 전에 동네 친구 준일 씨가 배추 한 포기를 줬다. 준일 씨 어머니께서 직접 키운 배추로 단단하진 않았다. 김치를 담그기엔 조금 부족해 반을 갈라 두 차례 배추 된장국을 끓여 먹었다.

배추를 끓는 소금물에 한 번 데친 후 멸치, 다시마, 건표고로 국물을 냈다. 호박과 양파를 조금씩 넣고 고춧가루도 조금 넣었다. 다 끓은 후엔 다진 마늘을 아주 조금 넣고 간장을 1/2작은술 넣었다. 처음 끓였던 것보다 훨씬 맛있었다. 배추를 데쳐서인가? 고춧가루를 조금 일찍 넣어서인가? 아니면 마지막에 간장을 넣어서일까? 뭔가 내가 모르는 화학 작용이 일어난 것은 분명하다.

살다 보면 오늘 배춧국처럼 좋은 결과가 얻어걸리는 일들이 종종 있다. 누군가는 이것을 행운이라 하고 다른 이는 기회라고도 한다. 그렇다면 내 배춧국은 무엇일까?

한 달에 한 번은 요리 수업에 참여하려 한다
10월 25일

타고난 솜씨가 없어 배우지 않고 감각만으로 음식을 하는 데 역부족이다. 그래서 정기적으로 요리 수업에 다닌다. 처음 요리 수업을 들은 곳은 백화점 문화센터였는데, 수업을 듣고 나면 먹지도 사용하지도 않을 조미료와 조리 도구를 잔뜩 사는 데 재미를 들였고 정작 음식엔 관심을 두지 않았다. 그럼에도 이후로 여러 선생님의 요리 수업을 들었다.

그러다 정착한 수업은 고은정 선생님의 제철음식학교다. 한 달에 한 번, 지리산에 있는 선생님의 스튜디오로 가서 1박 2일 동안 밥, 김치, 장, 제철 식재료로 만드는 반찬을 1년간 배우고 다시 1년 동안 약선 음식을 배웠다. 만약 단 하나의 음식 수업을 선택한다면 나는 주저 없이 고은정 선생님의 제철음식학교를 택할 것이다. 우리 음식의 뿌리를

48

배우는 수업이기 때문이다. 그리고 내 음식의 뿌리도 고은정 선생님께 배운 장과 김치이다.

고은정 선생님의 수업을 다니지 않던 중간에 히데코 선생님께 일본 음식과 식재료를 배웠다. 히데코 선생님의 수업은 친구들과의 파티와 비슷하다. 음식에 어울리는 술이 나오는 것도 매력적이다. 지금은 연희동 로사 선생님께 파스타 요리를 배운다. 로사 선생님껜 채소 요리도 배웠는데 인문학적 깊이가 있어 수업에 힘이 있으며 이야기도 재미있다. 무엇보다 바로 우리 식탁에 적용할 수 있는 레시피를 제시해 주셔서 좋다.

음식 수업을 다니는 나에게 한 가지 원칙이 있다면 최소 1년은 배워야 한다는 것이다. 그래야 계절과 음식과의 어울림을 알 수 있다.

음식의 일정한 맛을 잡아주는 부엌 저울
10월 27일

한 달에 한 번 파스타를 배우고 있다. 파스타의 기본은 알리오 올리오, 이른바 오일 파스타다. 지금껏 오일 파스타를 눈대중으로 만들었다. 그러나 이 눈대중이 음식 맛을 망친다는 것을 알게 되었다. 가급적 정확한 계량이 음식 맛을 일정하게 유지한다.

음식 배우기의 첫 단계는 바로 나름의 계량에 있다. 판매되는 계량 숟가락, 컵이 아니라도 자신이 정한 일정한 도구를 이용하면 된다. 그러나 저울은 다르다. 식재료에 따라 질량으로 계량을 하기도 하고 무게로 계량을 하기도 하는데 질량은 나름의 기준을 가질 수 있지만 무게는 그렇게 하기 어렵다.

지금까지 2대의 저울이 우리 부엌을 거쳐 갔고 현재
사용하는 저울은 카시오 저울이다. 1그램 단위 측정이 가능
하다고는 하지만 난 그렇게 정확하게는 계량하지 않는다.
저울에 식재료의 무게를 달고 계량컵과 숟가락을 사용해 음
식을 하면 제법 전문가처럼 보인다.

파 맛을 알지만 여전히 좋아하진 않는다
10월 28일

파를 촘촘하게 썰면서, 라면에 파를 넣으면서 생각한다. '역시 파는 어른의 음식이야.'라고.

오늘 아침도 역시 밥상 차리기가 귀찮았다. 급한 대로 냉장고의 채소를 꺼내고 남편에겐 파우치 도가니탕을 데워 주었다. 파를 듬뿍 넣어 먹으라고 했다.

파를 좋아하지 않는다. 어렸을 땐 쳐다보지도 않았다. 그런데 고모들이 "파를 먹어야 이뻐진다!"며 파를 먹였다. 난 이뻐진다는 말에 파를 입에 넣긴 했지만 그 미끈거리는 질감이 싫어 씹지 않고 그냥 삼켰다. 내가 스스로 파를 먹기 시작한 것은 마흔이 다 되어서일 것이다. 잘 익은 파김치로 시작했다. 파김치는 제법 잘 먹고 심지어 잘 담그지만 여전히 국물에 들어가는 파는 가려내고 먹었다.

음식을 배우기 시작하고, 파에 대한 나의 태도는 조금 변했다. 지금은 뿌리에 가까운 흰 부분을 라면에 듬뿍 넣어야 라면 특유의 기름 맛도 제거되고 향이 좋다는 것을 알아서 나 혼자 먹을 라면에도 파를 넣는다(파를 자연스럽게 안 먹을 수 있다면 굳이 파까지 먹진 않는다). 게다가 구운 파는 맛있다고 생각하여 채소를 구울 때 파를 과감하게 함께 굽는다.

아마 난 더 어른이 되어도 국물 음식에 둥둥 뜬 파는 적극적으로 먹진 못할 것이다. 못 먹어서가 아니라 먹고 싶지 않아서다. 그래서일까? 나는 편식을 존중한다. 남편은 알레르기 때문에 복숭아를 못 먹고, 혜민 씨는 콩국수를 못 먹고, 나는 닭·소·돼지고기를 먹지 않는다. 그럼 뭐 어떤가? 먹을 수 있는 다른 음식을 먹으면 되는데.

스테인리스 프라이팬에 달걀프라이 성공
11월 1일

음식을 한다는 일은 매번 새로운 도전을 하는 것이다. 처음 솥에 밥을 하는 것도, 김치를 담그고 장을 담그는 것도 매번 떨리는 도전이다. 심지어 김치나 장은 그 결과를 아는 데까지 시간이 제법 걸린다. 그리고 그 결과를 알게 될 때까지는 무척 초조하다. 그에 비해 스테인리스 팬에 달걀프라이를 하고 결과를 알게 되는 데는 잠시다.

　　스테인리스 그릇은 한번 구매하면 거의 반영구적으로 사용할 수 있어 여러 면에서 좋은 조리 도구다. 그러나 이

팬으로 음식을 하는 데는 약간의 노력과 숙련이 필요하다. 특히 지짐을 할 땐 바닥에 눌어붙여 여간 난감한 게 아니다. 그래서 대부분 코팅이 잘된 팬을 사용하게 된다. 나 역시 코팅 팬을 주로 사용하지만 달걀프라이 하나 하자고 크고 무거운 팬을 꺼내기 싫어 작은 스테인리스 팬을 꺼냈다. 스테인리스 팬으로 달걀프라이를 성공하면 이 팬에 어느 정도 익숙해진 것이라고 한다.

이를 성공하기 위해선 강불로 팬을 달구고 약불로 줄인 후 기름을 두르고, 기름이 충분히 데워져 팬에 두른 기름이 그물 모양을 만들면 달걀을 딱! 깨트려 팬에 떨군다. 가급적 불을 키우지 않고 서둘러 달걀을 팬에서 떼려 하지 않아야 한다.

오늘 스테인리스 팬에 달걀프라이를 성공시켜 남편에게 잘난 척하며 내주었다. 이게 뭐 그리 기쁜 일이냐 하겠지만 매번 비슷한 동작에서 실패하던 체조 선수가 그 동작을 성공한 것과 비슷한 느낌이다.

입동

김장, 일 년 먹거리를
준비하는 축제

2월에 담글 장을 위한 메주 준비
11월 2일

우리 집 밥상이 드라마틱하게 변하기 시작한 데 가장 큰 공을 세운 일은 바로 '장 담그기'이다. 처음 장을 담근 것은 2016년 2월이다. 고은정 선생님께 2015년 가을부터 음식을 배우기 시작했고 1년의 수업 과정에 장 담그기가 포함되었다. 이때 지리산에 위치한 선생님의 스튜디오에서 반 말, 우리 집 베란다에서 반 말을 담갔는데 그 장을 아직도 가지고 있다.

장은 대체로 음력 정월에 담근다. 그러기 위해선 늦가을에서 초겨울 사이에 메주를 예약해야 한다. 장 담글 때가 되면 여기저기에서 메주를 팔지만 나는 가급적 콩 농사를 직접 짓고 장을 담그시는 분께 메주를 구입하려고 하기 때문에 조금 서두른다. 닥쳐서 메주를 구입하면 내 마음에 드는 메주보다는 판매되는 것 중 골라야 하니 선택권에 힘이 없다.

2월이 되어 잘 숙성된 메주가 집으로 오면 소금물에 메주를 넣는다. 50~60일 정도 지난 후 소금물에서 메주를 건져 메주는 부셔서 된장으로, 메주를 건져낸 소금물은 간장으로 가른다. 그리고 맛은 자연에 맡긴다.

오늘 2022년 담글 장의 메주를 확정했다. 우리 집 밥상 2대 연중행사 중 가장 중요한 하나를 끝낸 셈이다. 다른 하나는 김장이다. 그러고 보니 11월에서 12월 초는 우리 집 밥상의 중요한 이벤트가 열리는 중요한 때다.

이 보람과 맛 때문인지 나는 장을 담그고 싶어 하는 사람이 있으면 발 벗고 나서서 그가 장을 담글 수 있도록 오지랖을 떤다. 장 하나만 제대로 할 줄 알면 백 요리가 부럽지 않다는 것을 몸소 체험했기 때문이다.

이토록 아름다운 채소라면

11월 3일

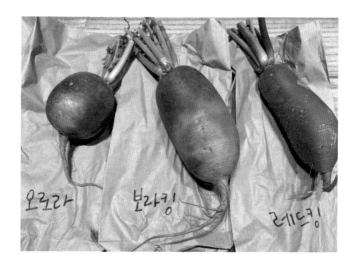

'채소생활'이라는 예쁜 이름으로, 재배한 농산물을 유통하는 농장을 알게 된 것은 3년쯤 되는 것 같다. '마르쉐'라는, 다양하고 맛 좋은 농산물과 가공품 그리고 소품 등의 생산자들이 참여해 여는 시장에서도 채소를 유독 예쁘게 진열하고 팔고 있어 눈에 띄었고 그 뒤로 채소생활의 팬이 되었다.

충북 홍성에서 채소 농사를 짓는 채소생활은 우리가 쉽게 접할 수 없는 다양한 채소를 계절에 맞게 키워 선보인다. 나는 이 채소생활의 꾸러미를 정기적으로 받아서 먹는다. 그런데 최근엔 이곳의 채소 인기가 올라가 꾸러미 예약

경쟁에서 패배하는 경우가 종종 생긴다.

늦가을에 접어든 지금은 뿌리채소들이 맛있어지는 때다. 그래서 이번 꾸러미엔 색색의 무가 들어 있다. 총 10가지의 무, 이름도 예뻐서 오로라, 보라킹, 레드킹…. 이 무를 포장에서 꺼내 사진을 찍었다. 잊지 않기 위해서. 이곳을 알기 전엔 그저 시장에서 판매되는 품종의 농산물만 먹었다. 이 농산물은 철저하게 경제적인 논리로 선택되고 재배된다. 그러니 우리는 먹고 싶어도 먹을 수 없다. 그런데 여기선 시도를 한다. 간혹 정말 먹기가 어려운 채소도 포함되지만 그런 채소를 알게 되는 것은 즐겁다.

우리 식탁은 늘 누군가의 노고로 채워진다. 그러니 기억하고 맛있게 먹어야 할 것이다. 채소생활에서 채소 박스가 올 때는 늘 설렌다. 이번엔 어떤 아름다운 채소가 들어 있을까?

배우고 익힌 후 시도해 보는 즐거움
11월 5일

알록달록 총 10가지의 무를 물끄러미 바라보다 물김치를 담가보기로 했다. 풀을 쑤어 넣지 않고 소금물에 고춧가루를 풀고 다시마를 넣었다. 배즙도 두 봉지 넣어 단맛도 올렸다. 색색의 무가 음식으로 만났을 때 어떤 맛을 보일지 정말 궁금하다.

오후에 김치를 담근 뒤에는 항아리에서 2018년 간장을 담아 선물로 준비해 저녁 약속에 갔다. 남편 책을 읽고 진심을 담아 리뷰를 써주신 개그맨 김태균 씨와의 저녁 약속이다. 최근에 그는 책을 냈고, 그의 에세이 『이제 그냥 즐기려고요』를 읽고 남편이 쓴 리뷰가 고맙다며 밥 한번 먹자고 하여 신나게 만나러 갔다. 책의 내용도 글쓴이의 마음도 정말 따듯하고 착했는데 실제의 그는 더 다정하고 따듯했다.

밥이란 게, 같이 밥을 먹는다는 게 이렇게 즐겁고 따듯한 일이다.

좋아하는 음식을 먹으며 보낸 휴일 같은 하루
11월 8일

좋아하는 음식을 나열해 본다.

라면	된장찌개
쫄면	부대찌개(이젠 안 먹지만)
칼국수	갓 지어낸 흰밥
김밥	모든 종류의 김치
만두	과메기
달걀말이	낙지
김치	주꾸미
미역국	감자튀김

비싸고 유명하고 멋지게 차린 음식보다 매일 먹어도 좋은 저런 촌스런 음식이 좋다.

여든아홉에 돌아가신 김분남 여사님의 살림
11월 12일

경북 안동 체화정에서 2박 3일 머무는 동안 2019년에 돌아
가신 이헌준 선생님 어머님의 부엌을 보았다. 모든 사람들
에겐 저마다의 이야기가 있고 그 이야기는 그들의 물건에도
담겨 있을 것이다.

　　이헌준 선생님의 어머니 김분남 여사님(1931. 7. 25.
~2019. 1. 25.)은 안동의 명문가 예안이씨 댁에 시집오셔서
슬하에 3남 2녀를 두셨고 여든아홉, 큰따님도 일흔을 바라
보는 때에 돌아가셨단다. 누구나 그랬겠지만 이 일 저 일 가
리지 않고 하셨고 노년엔 다리를 거의 쓰지 못하는 몸이 되
어 앉아서 살림을 하셨단다. 이런 어머님을 위해 부엌을 안
방 옆에, 안방과 높이를 맞춰 만들었고 자주 사용하는 부엌

살림들은 앉아서 손에 닿을 만한 곳에 위치했다. 어머님이 돌아가신 지 2년이 훌쩍 지났지만 주인을 잃은 부엌은 생전 사용하시던 대로 체화정 옆 살림집에 유지되었다.

이 부엌이 아름다워 맘대로 사진도 찍어뒀다. 부엌엔 요즘 그릇 한 장 없이 대부분 나만큼이나 나이가 든 그릇과 살림살이로 채워졌다. 노년엔 두 분만 지내셨겠지만 식구가 많고, 일 년에 두어 번 가족이 모일 때를 위해서인지 제법 많은 밥그릇과 국그릇이 있었다. 어떤 낭비도 없으셨을 어머님의 성품이 엿보였다.

내가 스물여덟에 나의 엄마는 돌아가셨다. 엄마 살아 계실 때 엄마의 인생에 별로 관심이 없었다. 이런 나의 무관심을 엄마가 돌아가신 후에야 반성했다. 내겐 엄마의 살림이 하나도 남아 있지 않다. 시어머님 것으로는 사서 한 번도 사용하시지 않은 유리로 된 커피잔 두 세트를 가지고 있다. 어머님의 그릇에 눈을 반짝이는 날 보자 이헌준 선생님께서 어차피 치워야 하니 맘에 드는 것을 가져가라 하셨지만 나중에 가져가겠다고 답했다.

마음 맞는 동네 친구
11월 16일

자주 만나 같이 먹고 마시는 동네 친구 커플이 있다. 와인 동호회에서 만나 10년을 훌쩍 넘긴 세희, 준일 씨 커플을 보고 있으면 우리 부부와 통하는 점이 많아 신기하고 좋다. 오후에 밖에서 일을 마쳐 남편을 만나 저녁을 먹고 집에 갈 생각이었는데 마침 준일 씨가 저녁에 가볍게 술 한잔하자고 톡을 보내왔다. 세희 씨가 밖에선 피곤하니 동네 분식집에서 이거 저거 사다 집에서 먹자고 했다. 나 역시 밖에서 먹는 것보다 뭐가 되었든 집에서 먹는 게 좋아 덥석 그러자 했다.

음식이든 놀이든 남편과 둘이만 하는 것은 솔직히 이제 좀 지루한데 이 커플을 만나면 즐거움이 커져서 그들이 만나자 하면 냉큼 좋다고 답한다. 문제는 이 커플의 다이닝이 갖춰진 사무실에 가면 언제나 우리가 너무 대접을 받고, 그들이 내주는 맛있는 술을 마시면 엄청나게 뻔뻔해져 마구 먹고 마신다는 것이다.

오늘도 그랬다. 우린 달랑 모나카 몇 개를 사 들고 갔는데 이 커플은 어묵탕을 끓이고 동네 분식점의 김밥과 오므라이스, 라볶이를 차려두었다(세희 씨는 고기를 먹지 않는 나를 위해 김밥에선 햄을 빼고, 내가 먹어보고 싶다 한 라볶이를 준비해 둔 배려 끝판왕이다). 우린 기억해도 좋고 하지 못해도 큰 문제가 안 되는 이야기를 나누며 맛있는 음식과 와인을 먹고 마셨다. 하루의 피곤과 내일의 근심 걱정을 잊기에 이만한 이벤트는 없다. 마음 통하고 술 좋아하는 동네 친구가 있다는 것이 얼마나 좋은지 경험해 보지 못한 사람은 절대 알 수 없다. 최고다!

반찬으로 안주로, 김은 늘 옳다
11월 17일

어렸을 때부터 김을 참 좋아했다. 엄마가 김을 사 와 쟁반에 올리고 들기름을 바르고 소금을 뿌리면 그렇게 좋을 수가 없었다. 그러나 그 김을 양껏 먹긴 어려웠다. 가족이 많았으니까. 그러다 내가 고등학교 다닐 즈음부턴 시장에서 기름과 소금을 적절히 발라 구운 김을 사 오셨다. 그 김도 참 맛있었다. 직장 생활을 하며 혼자 살면서부터는 마켓에서 파는 조미된 포장 김과 함께 술을 마시기도 했으나 김은 집에서 구워 먹어야 맛있다는 생각이 더 사무치게 들었다.

곱창김을 알게 된 것은 결혼 후다. 결혼 전엔 식재료나 음식에 대해 관심이 거의 없었다. 그러니 곱창김처럼 고급 식재료를 알았을 턱이 없다. 곱창김의 매력은 굽지 않고 먹어도 김의 향과 식감이 좋다는 것이다. 이때 중요한 것은 바로 양념간장이다. 내 양념간장 공식은 간단하다. (직접 담근) 간장 1 : 물 1 그리고 고춧가루 약간, 다진 파, 깨소금, 참기름이다. 때때로 청양고추를 다져 넣기도 한다.

　김과 맛있는 양념간장만 있으면 밥 한 그릇은 뚝딱이다. 반찬이 변변하지 않은 오늘, 오래 보관해 맛이 다소 떨어진 곱창김을 구워 상에 올리며 "여보, 찬이 없어 김만 구웠어, 괜찮지?" 하고 물으니 남편은 "충분하지." 라고 답해주었다. 곱창김이 떨어져 간다. 맛있는 김을 구해야겠다.

생강과 설탕이 만나 편강이 되는 마법
11월 19일

햇생강이 나왔다. 연한 노란색의 생강을 보면 사지 않을 수 없다. 경동시장 갔을 때 2,000원에 생강 한 근을 샀다. 보관이 쉽지 않은 생강은 싱싱할 때 얼른 사용해야 하는데 쓸 일이 많지 않다. 기껏해야 조리용 생강술을 만드는 정도다. 조리용 생강술도 넉넉하다. 편강을 만들기로 했다.

편강의 재료는 단순하다. 생강과 설탕, 딱 두 가지이다. 설탕 500그램 한 봉지를 준비하고 생강도 깨끗하게 손질해 편으로 썰었다. 설탕과 생강, 둘의 무게를 같게 맞추고 팬을 꺼내 인덕션에 올린 후 비장하게 그 앞에 섰다.

편강 만들기의 핵심은 불 조절. 강불로 시작해 중불로 졸이고 약불로 마무리해야 한다. 우리 집 인덕션은 1부터 9까지 불 조절이 된다. 경험상 센 불은 8, 중불은 5, 약불은 3~4 다. 1~2는 너무 약해 속 터지게 만들고 9는 초강력 센 불 이다.

418그램의 생강과 418그램의 설탕은 292그램의 편강 과 200그램의 생강 설탕이 되었다. 자랑스럽고 뿌듯했지만 두 번은 하지 않을 것 같다. 편강은 사 먹기로 하자.

편강

1. 생강과 설탕을 섞어 팬에 넣고 강불에 올린다.

2. 설탕이 녹고 끓기 시작하면 중불로 줄이고 은근과 끈기로 녹은 설탕물이 졸아들기를 기다린다(418그램의 생강을 조 리는 데 30분 이상 걸렸다).

3. 설탕물이 졸고 생강과 설탕물, 둘이 아주 끈적해지면 약불 로 줄이고 젓는다. 그러다 보면 어느새 녹았던 설탕물이 다 시 설탕화하며 편강과 설탕이 분리된다.

4. 다시 생긴 설탕은 체에 걸러 보관하며 음식 할 때 쓴다.

찬 바람을 맞고 자란 시금치는 달고 달다
11월 21일

겨울을 환하게 하는 식재료 중 하나가 있다면 그것은 시금치라고 생각한다. 내 머리로는 상상할 수 없는 초록을 한겨울에도 보여주니 말이다. 시장에 갔더니 시금치가 풍성하다. 2,000원을 내고 한 단을 샀다. 포항초라고 쓰여 있었지만 믿진 않았다. 조금 길고 너무 단정하게 묶여 있어서다. 포항초, 신안 비금도 섬초, 여수 노지 시금치, 남해 노지 시금치들이 달고 맛있다고 소문났다. 모두 바닷바람을 맞고 낮게 자라는 것이 특징이다. 시금치 한 단을 데쳐서 무치면 두 번 정도 먹을 수 있다. 나물은 무친 후 두 번째 먹을 땐 첫 번째보다 맛이 덜해 가급적 한 번에 다 먹을 수 있는 양만 해야 하는데 그게 쉽지 않다. 머리를 쓴다고 적게 무치면 먹다 부족한 느낌이 들기 때문이다. 오늘도 망설이다 한 단을 모두 조리했다.

언제나처럼 시금치를 살짝 데쳐 다진 파와 마늘, 간장과 깨소금을 넣고 무치다 들기름으로 마무리했다. 모양은 제법 이뻤는데 맛이 별로였다. 아직 시금치는 제철이 아닌 모양이다. 하기야 계절 농산물도 사시사철 어디서나 쉽게 구할 수 있으니 제철의 의미가 사라졌고 심지어 잊는다. 그런데 먹어보면 확실히 다르다. 제철에 그 계절의 해와 바람을 맞고 자란 농산물이 훨씬 맛있다.

로사 선생님의 파스타와 나의 파스타
11월 22일

파스타를 배우기 시작한 지 어느덧 4개월째. 파스타의 기본인 알리오 올리오로 시작해 대여섯 가지의 파스타를 배웠다. 각종 재료에 파스타 면 넣고 올리브유로 볶으면 되는 것이 파스타 같지만 제대로 담근 김치가 있듯 제대로 한 파스타가 있다.

　오늘 배운 파스타는 일명 '학생 파스타'라 불리는 '참치 파스타'다. 참치 캔을 이용해 쉽고 간편하게 만드는, 그래서 학생들도 쉽게 만들어 먹는 파스타라 하여 학생 파스타라고 불린단다.

참치 파스타의 핵심은 참치 캔의 기름을 쏙 빼내고, 참치가 고슬고슬해질 때까지 볶는 것이다. 고슬고슬 볶은 참치에 삶은 파스타를 넣고 센 불에서 수분을 날리면 된다. 집에선 이탤리언 파슬리를 깻잎으로 대치했고, 페페론치노를 기름에 볶을 때 편으로 썬 마늘도 넣었다. 복습은 성공적이었고 남편은 맛있게 파스타를 먹었다.

로사 선생님의 매운 참치 파스타

재료: 스파게티, 페페론치노, 피망, 이탤리언 파슬리, 캔 참치

1. 페페론치노를 올리브유에 볶아 매운 기름을 만든다.
2. 기름기를 뺀 참치를 1에 넣어 참치가 고슬고슬해질 때까지 볶는다.
3. 2에 삶은 스파게티 면과 면 삶은 물을 넣고 불을 세게 올려 수분을 날리며 볶다 채 썬 피망을 넣어 섞는다.
4. 3에 이탤리언 파슬리를 넣고 섞은 후 접시에 담아낼 때 후춧가루를 뿌린다.

여보, 우거지 곰국 한 솥 끓여두었어
11월 23일

제주에 계신 지인도 만나고 여름에 맛보았던 삼치회도 먹을 겸 제주행 비행기표를 끊었다. 마침 남편이 아침부터 움직이는 요일에 여행 계획을 세워 내 마음도 바빴다. 아침부터 서둘러 밥을 짓고 내가 집을 비운 사이 남편이 먹을 음식을 준비했다.

　　강화도에 주말 주택을 마련하고 농사를 조금씩 짓는 친구가 마침 우거지를 보내줘서 우거지 곰국을 한 솥 끓였

다. 고작 30시간 집을 비우는데 30일은 비울 사람처럼 마음
이 심란했다. 남편은 겨우 두 끼만 혼자 먹으면 되고 잘 챙
겨 먹는데 말이다. 예전부터 엄마가 곰국 끓이면 온 가족이
긴장한다 하던데 내가 그 엄마 노릇을 한 것이다. 우거지 곰
국(잘 만들어진 레토르 봉지 곰탕 사용)을 끓이고 파와 매운
고추 썰어 용기에 담고, 김치 소분하고 이 모든 것을 냉장고
에 넣어둔 뒤 사진을 찍어 남편에게 보내며 먹으라 했더니
남편은 이 사진을 페이스북에 올려 또 여러 사람의 웃음을
샀다.

　　나는 냉장고를 채운 후 오로지 삼치회를 먹겠다는 의
지로 비행기를 타고 제주로 가서 한 달간 제주에 머무는 지
인을 만나 삼치회를 먹고 수다를 떨었다. 신나는 하루였다.

덕적상회표 우리 집 젓갈 정식
11월 25일

사람과 사람이 연을 맺고 사는 일은 행복하고 따뜻하며 한 편으론 무섭고 책임감을 갖게 되는 일이다. 어제 제주에서 돌아오니 집 대문간에 금색 보자기로 포장된 상자가 하나 놓여 있었다. '보낸 이 김민정, 받는 이 윤혜자 선생님'. 김민 정 시인께서 젓갈 세트를 선물로 보내신 것이다. 김민정 시 인은 아버지께서 뇌출혈로 쓰러지신 후 병간호와 회사 운영을 동시에 하며 이렇게 주위 사람도 살뜰히 살핀다. 난 김민정 시인이 잠은 자기라도 하는지 궁금할 지경이다.

이렇게 내게 온 젓갈은 무려 7종이었다. 김 시인의 제부께서 인천 수산 시장에서 젓갈 도매업을 크게 하시는데 그곳 '덕적상회'의 젓갈이다. 나는 3년 전부터 김장 때면 덕적상회에서 내린 액젓과 새우젓을 구매해 김장을 하고 때때로 젓갈을 사서 밥상에 올린다. 젓갈처럼 어려운 음식은 내가 직접 하는 것보다 잘하는 집의 것을 사 먹는 게 여러모로 좋다.

그래서 오늘 아침은 '덕적상회표 우리 집 젓갈 정식'이다. 멍게젓, 조개젓, 낙지젓, 가리비젓, 명태초무침을 한 접시에 담았다. 맨밥에 젓갈만 올려 먹어도 맛있지만 나는 깻잎에 밥 한 숟가락, 그 위에 젓갈 한 조각 얹어 싸 먹는 것을 좋아한다. 이때 밥은 갓 지은 따근한 밥이 제격이다. 오늘은 쌀알이 크고 담백한 추청과 쌀알이 조금 작고 찰기가 있는 백진주를 섞어서 밥을 했더니 밥에 윤기와 찰기가 더 좋아져 젓갈을 얹어 먹기에 그만이다. 아, 쌀을 블렌딩하는 창의력을 발휘하다니, 내가 좀 멋지게 느껴졌다.

젓갈에 대한 창의성은 이미 오래전에 발휘하였다. 술 안주로 젓갈을 종종 먹는데 이땐 양상추나 데친 두부에 젓 갈을 얹어 먹으면 아주 좋다. 한동안 술안주와 반찬 걱정은 없겠다. 신난다.

토마토와 달걀, 반찬의 경계
11월 26일

달걀을 선택할 땐 닭이 어떤 환경에서 키워지는지를 살핀다. 좋은 달걀은 좋은 환경에서 자라는 닭이 낳은 알이다. 7년 넘게 먹고 있는 '자연이네 유정란'은 그런 달걀이다. 이 달걀을 먹기 시작한 이후로 다른 달걀은 먹지 않는다. 농부님께서 닭을 어떻게 키우고 계셨는지 알기 때문이다.

올해 초 이 마을까지 조류 독감이 돌아 닭을 모두 폐사

시키고 새 닭들이 달걀을 낳기까지 3~4개월 정도 달걀을 판매하지 않았다. 그 기간 동안 우리 집도 달걀 없이 지냈다. 그 때를 생각하면 달걀을 먹지 않아도 될 거 같은데 결심이 쉽지 않다. 달걀은 반찬으로도 안주로도 그만인 식재료이기 때문이다. 달걀프라이, 달걀말이, 달걀찜, 에그 인 헬, 스크램블, 삶은 달걀, 메시드 포테이토 등 달걀로 할 수 있는 음식은 무수히 많다. 좋은 달걀로 프라이를 하면 노른자는 물론이고 흰자도 봉긋 올라 내려가지 않는다. 오늘의 달걀프라이도 그랬다.

　　달걀프라이를 보자 남편은 "달걀 반숙이 숙취에 아주 좋대. 얼른 먹어. "라며 마치 자기가 준비한 것처럼 말했다. 이 말을 남편에게 백번도 더 들은 것 같은데 난 단 한 번도 그런 느낌을 받은 적이 없다. 토마토와 포도에는 어떤 드레싱도 하지 않고 올렸다. 밥 먹던 중간에 내가 토마토를 한 알 먹었더니 또 남편은 "밥 먹는 중간에 먹으면 이상하지 않을까?"라고 물었다. 나는 "이상하지 않아. 간이 안 된 반찬 먹는다고 생각하면 돼. "라고 답하니 남편은 토마토 한 알을 냉큼 집어 먹었다. 그 모습이 조금 웃겼다.

든든한 감자미역국
11월 28일

아침 준비를 하다 문득, 바다의 식물은 땅의 식물 다음에 제
철을 맞는다는 생각이 들었다. 찬 바람이 불기 시작하며 김
수확이 시작되고 12월에 들어서야 매생이는 맛이 좋다. 물
론 미역은 연중 수확하지만 그래도 겨울에 수확한 미역을
상품으로 친다. 톳은 봄에, 다시마는 한여름에 수확하나 왠
지 이런 식재료도 따듯할 때보다 추울 때 더 생각이 난다.

오늘 식탁은 바다의 식물이 주인공이 되었다. 미역에
마지막 남은 울릉도 홍감자를 넣어 국을 끓이고, 염장 다시마를 물에 씻어 쌈용으로 올렸다. 보통은 조미된 김을 먹지 않는데 맛있는 감태로 유명세를 탄 '바다숲'에서 이번엔 조미 김을 선보인다며 주셔서 들고 와 맛을 보았다. 시중에 판매되는 김보다 짠맛이 훨씬 적고 기름 냄새도 좋았다. 무엇보다 너무 바싹 굽지 않아 좋았다. 비정기적으로 열리는 '사발 마켓'에서 만나 이 김을 내게 맛보라고 주신 바다숲 대표님께서 "김을 24시간 기름에 재워 맛이 고르게 들게 하고 약한 불에서 구웠다."라고 설명해 주셨다. 센 불에 구우면 김이 너무 바삭하게 구워진다는 것이다. 바다의 식물들을 먹으면 생각이 조금 많아진다. 엄청난 해양 쓰레기로 바다가 점점 황폐화하기 때문이다. 결국 우린 너무 쉽게 믿고 먹던 바다 식물도 곧 가려 먹게 될 것이며 이미 가려 먹고 있다.

참, 고기를 먹지 않는다면 단백질이 부족해 건강에 큰 이상이라도 생길 것처럼 말하는 사람이 많다. 바다 식물과 잡곡을 골고루 챙겨 먹으면 절대 그럴 일 없다. 온갖 항생제를 맞으며 좁은 우리에 갇혀 햇빛도 못 보고 사육되는 동물의 고기를 먹는 것보다 오히려 나을지도 모른다. 지구를 위해 그리고 동물을 위해 우리가 고기를 좀 적게 먹었으면 한다.

감자미역국

미역에 감자를 넣어 국을 끓이면 한 끼 식사로도 충분하다.
이땐 전분이 많은 홍감자나 수미감자를 사용하면 좋다. 감자
를 미역국에 넣어 끓인다는 것은 올해 알게 되었는데 강원에
도에선 흔하게 먹는 음식이란다. 정말 맛있다.

1. 미역은 불리고 감자는 껍질을 벗겨 깍둑썰기를 한다.

2. 감자를 들기름에 볶다 미역을 넣고 같이 볶는다.

3. 적당히 볶은 후 물을 붓고 끓인다. 처음엔 센 불로 조리하
   다 끓기 시작하면 중불로 뭉근히 끓인다.

4. 들깻가루를 넣으면 고소한 맛이 치솟고, 간은 간장으로 마
   지막에 한다.

김장의 성패는 장보기에 달렸다

11월 29일

가을부터 우리 집에서 진행된 고은정 선생님의 '제철음식학교 서울교실' 다섯 멤버의 김장을 위한 준비 날이다. 이 김장을 마치면 3년째 같이 김장을 하는 박재희 선생님과 우리 집 김장을 해야 한다.

고춧가루, 절임 배추, 액젓, 새우젓 등 중요한 품목은 이미 구매를 완료했다. 사실 김장 준비는 여름부터 시작된다. 좋은 고춧가루를 먼저 예약해야 하고, 날이 쌀쌀해지면 절임 배추를 선택해 확정해야 한다. 오늘은 갖가지 채소를 구매하면 된다. 청량리 청과물 시장으로 갈까 하다 동네 시장에 단골을 만들자는 마음이 돈암제일시장의 작지만 채소가 좋은 집으로 갔다. 역시 채소가 좋았다. 분량에 맞게 주인 아주머니의 지도를 받으며 채소를 주문하고 배달을 부탁드렸다. 지난해에 비해 시장 물가가 최소 30퍼센트는 오른 것 같다. 집으로 오는 길엔 많은 재료를 손질하는 데 필요한 플라스틱 채반과 광주리를 구매했다. 어쩌면 이 채반과 광주리는 일 년에 딱 한 차례 사용할 것이다.

오후 2시경에 채소가 배달됐고 남편에겐 단순하지만 시간이 오래 걸리는 쪽파 까기를 부탁했다. 남편은 이때부터 저녁 8시 30분까지 쪽파 5단을 씻을 필요가 없을 정도로(물론 씻었다) 깨끗하게 손질했다. 그 사이 나는 각종 채소를 다듬어 씻고 마당을 정리했다. 마치고 방에 들어오니 밤 10시 30분이었다. 중간에 나가서 저녁을 먹고 부족한 채소를 더 구매하느라 동네 여러 마트를 두 차례 더 다녀와야 했다.

이렇게 여러 사람을 불러 같이 김장을 하자고 한 데에는 마당의 역할이 크다. 한옥의 마당은 여러모로 쓸모가 있는데 무엇보다 물을 사용하며 하는 일에 최고다. 김장은 그 중 으뜸이다. 더욱이 오늘은 날씨까지 따듯해 마당에서 일하기가 수월했다.

식사? 내 몸이 바쁜 날에는 외식을 하게 된다. 오늘도 감자채를 볶아 간단히 아침을 먹고 저녁도 간식도 모두 외식이었다. 집에서 내가 한 음식으로 좋은 것을 잘 먹자고 하는 일인데 그 일을 위해 밖에서 허겁지겁 먹어야 하는 것은 참 아이러니다.

김장을 잘한다는 것의 의미
11월 30일

올해 두 번의 김장 중 한 번을 했다. 어제 종일 재료 손질을 해두어서 그나마 밝은 시간에 마쳤고 중간에 밥도 지어 먹을 수 있었다. 남아 있던 죠니워커 블루 라벨을 노동주로 한 잔씩 했고, 오신 수강생들을 위해서 수육도 삶았다. 일 년에 딱 한 번 내가 고기 음식을 하는 날이다.

　김장은 고된 일이지만 축제임은 분명하다. 김장을 같이한다는 것은 어쩔 수 없이 입맛을 맞추는 일이고, 그 과정에서 이야기를 나누며 생각을 맞추는 일이고, 끝난 후엔 힘들었던 서로의 하루를 격려하는 따뜻한 마음을 나누는 일이다. 이 과정에서 짜증도 불만도 생기지만 성공적으로 김장을 마치면 남는 것은 웃음과 서로를 향한 따뜻한 마음뿐이다(욱신거리는 몸도 남는구나).

　　이번 절임 배추는 20킬로그램 한 박스에 무려 14포기가 들었다. 대개 8포기, 많아도 9포기가 보통이라 14포기면 배추 크기가 보통보다 작은 것인데 이 작은 배추의 속이 꽉 찼다. 큰 배추보다 이렇게 작고 단 배추가 좋다. 배추가 작다 보니 레시피의 계량보다 김칫소도 더 필요했다. 1킬로그램에 7만 원짜리 고급 육젓을 새우젓으로 준비했는데 굳이 김장에 육젓을 쓰지 않아도 된다고 하셨다. 추젓으로 해도 충분하다고. 액젓도 파는 곳마다 염도가 조금씩 다른데 내가 구매한 액젓은 다른 것보다 살짝 염도가 낮았다. 무는 맛있지만 크기가 작고 고르지 않아 일일이 무게를 달아야 했다.

　　어느새 여섯 번째 김장을 하고 내가 주체적으로 김장을 하는 것도 세 번째인데 김장은 할 때마다 너무 어렵다. 식재료도 많고 이 식재료가 농산물이어서 해마다 환경이 모두 다르기 때문이다. 김장을 제대로 한다는 것은 필요한 식재료를 장악하고 어떤 환경의 것이 내게 오더라도 일정한 맛을 구현할 수 있어야 한다는 것을 깨달았다. 그런 의미로 난 계속 김장을 제대로 할 수 없을지도 모른다. 오늘 고은정 선생님께서 한 마디씩 해주시는 말씀을 통해 정말 많은 것을 깨달았고 더 많이 생각하고 해봐야 한다는 다짐이 들었다. 배우는 것보다 가르치는 게 더 큰 배움이다. 나는 가르치는 선생님께 귀동냥을 듣는 입장이지만 말이다.

　사람들이 모두 떠나고 심난하게 어질러진 마루에 앉아 금요일에 같이 김장을 할 박재희 선생님께 전화를 해 의견을 조율했다. 선생님께 배운 후 바로 진행할 김장이어서인지 벌써 설렌다. 피곤한 몸으로 TV를 시청하다 김치를 좋아하는 동네 친구 생각이 나 겉절이를 좀 가져다주었다. 집에 돌아오는 길엔 바람이 매섭게 불었고 옆집 은행나무의 잎이 골목에 융단처럼 깔려 있었다. 춥기 전에 1차 김장을 마쳐서 정말 다행이다.

새우젓국, 남편은 눈치채지 못했겠지만…
12월 2일

남편은 뭘 해달라는 법이 없다. 그런데 딱 한 번 '젓국'이 먹고 싶다고 했다. 난 그게 뭔지 몰라 남편에게 젓국이 뭐냐, 어디서 먹었냐 물었다. 남편은 엄마가 가끔 해주셨는데 새우젓과 두부만 들어간 맑은 국이라 했다. 그 뒤로 여기저기서 젓국을 찾아보았다. 별 건더기 없이 각종 젓갈로 간을 맞춘 국을 젓국이라 하고 그중 남편은 새우젓국을 주로 먹었던 모양이다.

　　김장을 하는 중이라 맛있는 새우젓은 넉넉한데 별다른 식재료는 없다. 그래서 젓국을 끓였다. 냉장고에 있던 애호박을 반달 모양으로 썰고 생새우와 같이 끓이다 새우젓을 넣어 간을 맞춘 후 파를 고명으로 얹었다. 육수를 따로 만들 필요도 없다. 정말 간단한데 젓갈이 내는 감칠맛 덕에 국은 제법 훌륭하다. 비슷하게 명란으로도 국을 끓일 수 있다.

조리법이 간단하고 새우젓만 있으면 특별한 재료 없이도 맛을 낼 수 있으니 일하면서 살림까지 도맡았던 시어머님께서 종종 끓이셨을 것이고 그 맛이 남편에겐 인상적으로 남았을 것이라 추측한다. 오늘 내가 한 젓국은 시어머니의 젓국과 많이 달랐을 것이며 그래서 젓국을 먹으며 남편은 어머니의 젓국을 떠올리지 못했을 것이다. 하지만 몸이 고되고 특별히 장을 봐둔 것이 없어 새우젓국을 끓인 나의 마음은 어머니의 마음과 같지 않을까?

반건조 생선의 추억
12월 8일

준일 씨가 주신 반건조 옥돔을 꺼내 씻어 물기를 뺀 후 올
리브 오일 넉넉히 두른 팬에 올려 뚜껑을 덮어 중불로 천천
히 구웠다. 수분이 날아가지 않아 촉촉하게 먹기 좋게 구워
졌다.

　　어려서부터 다양한 음식을 경험해야 식생활이 다채롭
고 가리는 음식이 적다. 나는 그런 편은 아니다. 식구는 많았
고 배를 곯을 정도는 아니었지만 외식을 하거나 특별한 음
식을 자주 먹을 형편은 아니었다. 1939년생 엄마가 해주는

음식은 평범하기 그지없었다. 내륙 지방에서 나고 자란 내 겐 반건조 생선도 특별한 음식이었다.

반건조 생선이 내 기억에 선명하게 남은 것은 30대 초 반이다. 나는 서른셋에 처음 결혼을 했는데 당시 시댁은 남 해였다. 추석에 시댁을 갔는데 당시 시어머니께서는 꾸덕 하게 마른 생선을 큰 찜솥에 넣어 쪄서 상에 올리셨고 그 음 식을 가족들은 익숙한 듯 잘 먹었다. 생선은 구이나 조림만 알던 내게 반건조 생선의 비린 향과 쫄깃한 식감은 무척 낯 설었다. 당시 시어머님은 내게 이 반건조 생선을 종종 보내 셨다.

다양한 식재료를 경험하며 반건조 생선도 이제 익숙 해졌다. 찜으로, 구이로, 국으로 활용한다. 오늘은 기름에 천 천히 구웠다. 남편이 아주 잘 먹는다.

굴김치 콩나물국밥과 1일 2회 밥 짓기
12월 14일

하루에 두 끼를 먹지만 하루에 두 번 밥을 짓진 않는다. 아침 겸 점심은 해 먹고 저녁은 외식이 잦다. 오늘은 하루에 두 번 밥을 지은 날이다. 아침엔 해장을 위해 굴김치 콩나물국밥, 저녁엔 아침의 국과 김, 김치로 차렸다. 오늘 한 굴김치 콩나물국밥은 정말 맛있었다.

굴김치 콩나물국밥

김장하고 남은 배추 몇 장을 김치 국물에 담가뒀고 그 김치로 국을 끓였다.

1. 김치를 잘게 썰고 김치 국물도 넉넉히 넣고 끓인다(멸치 육수는 개인 취향).

2. 먹기 오 분전쯤 콩나물을 넣는다(콩나물을 넣은 후엔 냄비의 뚜껑을 닫든지 열든지 한 가지 방식으로 조리한다. 열었다 닫았다 하면 콩나물 비린내가 난다).

3. 굴은 먹기 직전에 넣어 살짝 익히는 정도로 조리한다.

4. 부족한 간은 간장으로 한다(내가 말하는 모든 간장은 이른바 조선간장 혹은 국간장이라 부르는, 직접 담가 천천히 발효의 시간을 가진 간장이다).

 * 그릇에 밥을 담고 살짝 식힌 후 국을 담으면 국밥이 된다. 국에 밥을 넣고 끓이면 죽이다.

   콩나물 음식을 먹을 때 나물끼리 붙어서 분리가 되지 않는 것은 십중팔구 콩나물의 끝, 가는 뿌리 부분을 잘라내지 않아서다. 끝부분을 떼어내고 음식을 하면 보기에도 좋고 콩나물이 뭉치지 않아 먹기에도 좋다. 물론 콩나물의 꼬리를 떼는 일은 무척 귀찮다.

맛있는 반찬, 토란 무조림
12월 15일

어떻게 하루가 지나는지 모르게 하루를 보내고 저녁 나절이
되었다. 남편은 외출해 늦는다고 했고, 혜민 씨는 일찍 들어
온다고 했다. 마침 깨진 순자의 그릇 수리를 마쳤다며 킨츠
키를 하는 효성 씨가 잠깐 들르겠다고 했다. 효성 씨 연락을
받고 약속이 없다면 같이 저녁을 먹어야지 생각하고 시금치
와 무를 샀다. 시금치 맛이 좋아지기 시작했다.

　　　　6시가 조금 지나 효성 씨가 벨을 눌렀다. 양손에 그릇과 먹거리를 잔뜩 들고 왔다. 수리비를 내야 하는 사람은 나인데 늘 거꾸로다. 저녁을 먹고 가겠냐 물으니 한 번 거절하기에, 약속 없고 저녁은 먹어야 한다면 그냥 먹고 가라고 했다. 효성 씨와 수다를 떨며 저녁 준비를 했다. 효성 씨도 나만큼이나 부모님께서 일찍 돌아가셨다는 것을 알게 되었다. 마음이 짠했지만 부모님이 일찍 돌아가셔서 좋은 점(사실 그런 것은 없다)을 쿨한 척하며 얘기했다. 혜민 씨가 오고 시금치 된장국, 토란 무조림, 잘 익은 김치, 김과 고추 간장으로 호호호호 웃으며 밥을 먹었다. 손님이 오셨다 해도 긴장하지 않고 먹던 대로 차리기로 했다. 같이 먹는 게 중요하기 때문이다.

토란무 조림

1. 토란은 뜨거운 물에 살짝 익혀 껍질을 까고 납작하게 썬다. 무도 납작하게 썬다.
2. 들기름에 무를 볶다 토란을 넣어 같이 볶는다.
3. 채수를 조금 넣고 뚜껑을 덮어 익힌다.
4. 들깻가루를 넉넉히 넣어 잘 섞은 후 간장으로 간을 하고 마늘과 파를 넣어 마무리한다.

장흥 토요시장의 5천 원짜리 밥상
12월 17일

용산역에서 KTX 목포행을 타고 2시간이면 전남 나주에 닿는다. 나주에서 우리를 기다리시는 무영 스님을 만나 영산강의 등대(강의 등대다)를 보고 장흥으로 왔다.

장흥은 내겐 무척 낯선 도시다. 현재는 인구 3만 7천 명이 사는 도시, 1950년대 보도연맹 사건으로 주민이 주민을 죽이고 수장시킨 슬픈 역사를 가진 도시, 가장 늦게까지 동학인에 의해 의병 활동이 있던 도시, 해산물이 무척 좋은 도시다.

이 중 해산물이 좋은 도시에 초점을 맞춰 이곳에 왔다. 김과 매생이 제철을 앞두고 김과 매생이를 확인하고 좋은 제품을 구매하고 싶어서이다. 특별히 장흥은 무산 김(재배 과정에서 염산, 유기산, 무기산 등을 사용하지 않은 김, 일종의 유기농 김)이 유명하다. 장흥에서 김 재배에 필수인 염산을 사용하지 않은 지는 20년이 되어간다. 장흥의 김 양식 역사는 100년이 넘었다. 1923년 김 양식을 관장하는 해태 조합을 만들었고 그 이전부터 양식했다. .

　김을 재배하려면 먼저 김의 씨앗을 바다에 뿌리고 지주를 세운다. 김이 자라면서 당연히 각종 이물질이 닿기 마련인데, 염산은 이런 이물질을 제거하고 김을 까맣고 이쁘게 자라게 한다. 그러나 아린 맛이 나고 당연히 바다 생태계에도 영향을 미친다. 이 점 때문에 장흥은 김 재배 시 염산을 사용하지 않는단다. 장흥 바다엔 잘피라는 수초가 많이 자라는데 이 잘피가 바닷물을 정화시켜 복원시키고 수산물의 맛을 좋게 한다.

　단순히 김을 확인하러 왔다가 김에 대한 공부를 많이 했다. 올해 장흥의 김은 크리스마스 전후로 생산이 시작되어 2월 중순까지 이어진다. 그러니 맛있는 햇김은 이 기간에 구매해 맛나게 먹어야 한다.

　매생이도 마찬가지다. 장흥 내저마을의 찰매생이는 출하 이틀째이다. 아직은 매생이 길이가 좀 짧다. 매생이는 한 자(30센티미터) 정도 자라야 맛이 좋다. 그러려면 일주일 정도 기다려야 한다. 매생이는 바다 식물 중에서도 영양이 높다. 장흥의 찰매생이가 완도 등으로 퍼져 현재는 인근 도시에서도 찰매생이 농사를 짓지만 뻘도 좋고 바다도 깨끗하며 조수 간만 차이도 좋은 내저마을의 매생이 맛을 따를 수 없다.

장흥은 2일과 7일 오일장과 토요일에 장이 선다. 그래서 장흥 장터를 '토요장터'라 한다. 이곳에 장흥 시민과 상인들이 즐겨 찾는 밥집이 있다. 바로 '연지 보리밥'이다. 육지 나물과 해초로 반찬을 차리고 큰 대접에 넉넉하게 내준다. 그리고 가격은 5천 원이다. 맛? 이 정도 성의면 무조건 좋다. 매생이와 김이 나오기 시작하면 이 집이 무척 북적일 것이다.

전라도 지역에선 팥죽이 참 흔하다. 전라도에서 팥죽이라 하면 대체로 팥죽에 칼국수 면이 든 팥칼국수이다. 이 집에도 팥을 곱게 내린 팥칼국수가 있다. 간이 딱 맞지만 설탕을 듬뿍 넣어 먹어보아야 한다. 전라도에선 팥죽에 설탕을 넣어 먹는데 별미다. 우리 부부에게 장흥을 안내해 주신 무영 스님께선 전라도에서 팥죽에 설탕을 넣어 먹는 것은 강도 높은 노동 중 빠르게 당을 보충하기 위해서가 아닐까라고 추측한다고 말씀하셨다. 우리도 동의했다.

내 식으로 만든 명란 파스타
12월 20일

로사 선생님의 채소 요리에 이어 파스타 수업을 듣는다. 파스타 1~2가지에 이탤리언 가정식 요리를 더해 4~5가지 요리가 진행되며 선생님은 시연하고 수강생은 시식한다. 이 음식들은 대체로 집에서 쉽게 해서 먹을 수 있을 정도로 레시피가 간결하다. 선생님은 여행 중에 그 지역의 손맛을 자랑하는 분을 만나면 눌러앉아 그 지역의 음식을 배웠다고 한다. 요리 연구가의 정량과 요리사의 꾸밈보다 그 지역 환경에서 자연스럽게 생활에 정착된 음식이다. 선생님은 그렇게 배운 음식에 우리 환경에서 구할 수 있는 다양한 식재료로 실험하고 레시피를 확립한다. 당연히 따라 하기 쉽고 맛있다.

배우고 나서며 당장 해 먹을 수 있는 이런 요리 수업이 좋다. 오늘 배운 음식 중에서는 쑥갓을 넣은 명란 파스타와 이탤리언 호박전이라 할 수 있는 프리타타 디 주키니(Frittata di zucchine)다. 명란과 쑥갓의 조화는 아주 좋았다. 선생님은 파스타를 빼고 쑥갓을 볶고 여기에 명란을 섞는 것만으로도 훌륭한 반찬이 된다고 했다. 호박에 달걀을 넉넉히 섞어 두툼하게 부친 프리타타 디 주키니도 채소를 다른 것으로 바꿔 안주로 반찬으로 쉽게 활용할 만하다.

오늘 저녁에 만들어본 음식은 명란 파스타다. 쑥갓 대신 달래를 넣었다. 달래의 뿌리 부분을 올리브유에 중약불로 뭉근하게 오래 볶은 다음 삶은 파스타 면을 넣어 센 불에 볶고 파스타와 달래 그리고 오일이 잘 어우러지도록 섞은 후 불을 끄고 껍질을 벗겨 손질한 명란을 버무렸다. 분명히 식사를 준비했는데 안주 느낌이 풍성했다. 마시다 반쯤 남긴 소주를 꺼내 남편과 한 잔씩 마셨다. 이탤리언 음식에 소주라니… 나쁘지 않았다. 개성 없는 술, 소주가 이래서 좋다.

남편 밥상 vs. 내 밥상
12월 21일

남편이 조조 영화를 보러 갔다. 어지간하면 같이 보는데 요즘은 종종 혼자 나간다. 식사를 해야 할 시간이 다가오자 슬며시 시장기가 올라왔다. '남편도 없는데 굶어? 라면 먹어?' 하다 내가 가장 먹고 싶은 스타일로 차려 먹기로 결정하고 쌀을 씻어 불리고 나에게만 보이는 부엌일을 했다. 유통 기한을 한참 넘긴 식재료를 정리하거나 그릇의 위치를 바꾸고 펜트리를 정리하는 일이다. 그러면 시간이 빠르게 흐른다. 오늘은 냉동고를 정리했다. 묵혀둔 떡이 제법 많이 나온다. 떡은 왜 한 번에 먹지 못하고 매번 냉동고에 자리를 잡을까? 스스로에게 물었지만 역시 모르겠다.

냉동고를 정리하고 밥을 안쳤다. 밥이 되는 사이 내 밥상을 차렸다. 배추김치를 먹을까, 알타리 김치를 먹을까, 달

갈프라이를 할까 말까 잠깐 고민하다 달걀프라이는 안 하고 배추김치를 먹기로 결정하고 김치통에서 김치를 꺼내 뿌리를 자르고 세로로 칼집을 내었다. 길게 찢어 먹을 예정이다. 김도 꺼내고 된장국도 데웠다.

갓 지은 밥, 잘 익은 김치, 된장국 그리고 김. 뭐 더할 것도 뺄 것도 없는 내가 가장 좋아하는 밥상이다(사진 오른쪽). 남편과 둘이 먹는다면 절대 차리지 않는 밥상이기도 하다. 남편 밥상엔 가사 시간에 배운 첩수에 들어가는 반찬 한 가지는 꼭 올린다(사진 왼쪽).

동지 붉은 밥과 보리순 나물
12월 22일

24절기 중 스물두 번째 절기, 동지. 밤이 가장 긴 날이다. 동지를 기점으로 밤은 서서히 짧아진다. 그래서 동지가 지나면서 아직 한참 남은 봄을 기다린다. 동지에는 붉은 음식, 팥죽을 쑤어 먹는다. 단단한 팥으로 죽을 쑤려면 시간이 제법 오래 걸려 난 팥밥을 해 먹는데 얼마 전 냉장고의 오래된 식재료를 정리하면서 팥을 정리해 없다는 것을 아침에 깨달았다. 동지엔 붉은 음식을 먹어야 악귀가 달아난다는 풍속이 생각나 비슷하게 붉은 수수를 넣고 밥을 지었다. 팥이나 수수 같은 잡곡을 넣어 밥을 지을 때 소금을 살짝 넣어 간을 맞추며 잡곡의 단맛을 끌어올리고 찰기도 더한다. 남편이 저녁을 먹고 들어올 예정이라 아침에 밥을 평소보다 많이 지어 나의 저녁밥도 준비해 뒀다.

108

오늘의 국은 보리순 된장국이다. 보리는 늦가을에 씨를 뿌려 이즈음이면 새싹이 돋는다. 더 좋은 보리를 얻기 위해 자라야 할 보리 싹을 두고 솎아낸다. 솎아낸 보리의 어린 순을 데쳐서 무쳐 먹거나 된장을 넣고 국을 끓인다. 이때 노지에서 자란 보리순은 조금만 자라도 거칠고 질겨 먹기 어렵다. 그래서 정말 짧은 기간 동안만 먹을 수 있다.

지난 주말에 들른 장흥 토요시장에서 보리순을 판매하는 할머니가 계셔서 샀다. 집에 와 국을 끓이려 보니 여행 일정 동안 들고 다녀 노랗게 색이 바래 먹기 어려운 상태가 됐다. 노지의 보리순은 도시에선 구하기도 어려운 것인데 속이 상했다. 그제 요리 수업을 마치고 사러가 마켓에 갔는데 채소 할인 코너에 마침 보리순이 있었다. 큰 마트에 가면 나는 채소 할인 코너를 살핀다. 당장 먹을 채소는 거기서 골라도 아무 문제가 없기 때문이다. 그렇게 골라 온 보리순임에도 손질할 게 없을 정도로 좋았다. 판매용으로 키운 보리순은 노지에서 자란 보리순처럼 야생의 단맛이 없다. 대신 부드럽고 고소하다.

멸치 육수를 내고 보리순과 호박을 넣고 된장을 풀어

국을 끓였다. 국이 한소끔 끓어오르면 중불로 줄여 뭉근하게 시간을 갖고 끓인다. 그래야 보리순이 부드러워진다. 먹기 직전에 청양고추와 파를 썰어 넣는다. 이렇게 끓여도 보리순 된장국을 몹시 잘 끓였던 엄마의 맛은 안 난다. 약간의 조미료가 빠져서인 듯하다.

매생이로 국 대신 나물을 만들었다
12월 23일

내가 재미있어하는 일 중 하나는 좋은 식재료와 혼자 쓰기 아까운 물건을 소개하고 판매하는 것이다. 내겐 좋은 것이나 정보를 얻으면 습관적으로 알리려 하는 오지랖 병이 있는데 아무리 고치려 해도 고쳐지지 않아 오지랖을 팔자라고 생각을 고쳐 먹었다. 지난여름엔 미역과 다시마, 가을엔 최고의 고춧가루를 팔았고 올겨울엔 매생이와 김을 팔기로 하고 장흥의 무산 김과 매생이를 선택했다. 물건을 보러 장흥에 갔을 땐 매생이가 덜 자라 수확 적기가 아녔는데 이제 적기를 맞았고 드디어 오늘 장흥의 찰매생이가 도착했다.

도착하자마자 가장 궁금했던 매생이나물을 만들었다. 해초, 즉 바다 식물이니 나물이라는 표현이 맞는데 입에 잘 붙진 않았다. 매생이나물은 끓는 물에 간장을 조금 넣고 매생이를 넣은 후 참기름을 둘러 덖는 방식으로 조리한다. 먹을 땐 다진 파나 고추 참기름과 깨소금을 얹어 먹는다. 맹물 대신 굴을 들기름에 볶다 물을 조금 넣는 방법도 있고 맹물이 허전하면 다시마로 국물을 내는 방법도 있다. 처음 먹는 매생이나물은 국보다 훨씬 내 입에 맞았다.

손님상, 내 밥상처럼 소박하게
12월 25일

영화를 보고 나오며 휴대폰을 켜니 엊그제 제안한 저녁 초대에 응하겠단 문자가 도착했다. 공연까지 보고 집에 가면 뭔가 특별히 준비할 시간이 없어 간단히 있는 것으로 차리자고 생각했지만 마음은 심란했다. 손님이 오셔서 드시고 나가기 전까지는 늘 전전긍긍한다. 굴 두 봉지, 호박 한 개, 두부 두 모를 사 들고 집에 왔다. 레몬 파스타에 안주를 준비할까 하다 밥을 하기로 했다. 남편에게 밥을 할까 한다고 하니 술상으로 괜찮겠냐고 물었다. 나 역시 밥상으로 술상이 가능할지는 확신할 수 없었다. 그러나 오늘의 손님은 모두 혼자 사는 남자들이라 집밥이 낫겠단 생각이 들었다.

　　햅쌀로 버섯밥을 짓고 굴을 충분히 넣고 매생이 굴국을 끓였다. 포항초와 콩나물과 무를 데쳐 무치고 김치를 꺼냈다. 손님이 가져오신 새우는 올리브유 듬뿍 넣어 볶고 제주 레몬을 얹었다.

술자리를 예상했던 손님들도 밥상을 환영하는 눈치였다. 그들도 연일 술로 간을 혹사시킨 상태라 했다. 매생이 굴국은 해장에도 좋으니 그럴 만했다. 가장 맛있는 와인을 먼저 마시며 천천히 밥을 먹었고 평생의 질문인 가족에 대한 이야기를 나눴다. 가족 이야기를 꺼내면 늘 가슴 한쪽이 뻥 뚫린 것 같다.

아무튼 오늘의 결론은 밥상도 얼마든지 술상이 될 수 있으니 폼 내려고 손님상에 너무 기운 빼지 않고 우리 먹는 밥에 반찬 한두 가지만 더하자고 다짐했다. 우리 집엔 손님이 잦으니까.

두 번 한 저녁의 레몬 파스타

12월 27일

끼니때마다 먹는 음식은 웬만하면 양을 좀 타이트하게 맞추는 편이다. 음식을 남기는 것도 싫고 한 번만 먹으면 맛있을 음식을 억지로 여러 차례 먹는 게 싫어서다. 오늘도 그랬다. 양을 맞춰 음식을 한다고 했는데 부족했다.

제주에서 맛있고 싱싱한 레몬이 도착했다. 오랜만에 비싸고 좋은, 그러니까 맛있는 파스타도 사 왔다. 오늘 저녁은 레몬 파스타다. 손님방 혜민 씨도 퇴근해 바로 집에 온단다. 혜민 씨도 파스타를 좋아한다.

양배추와 사과, 당근을 마요네즈와 디종 소스를 섞어 옛날식 샐러드(이건 '사라다'라고 해야 좋다)를 만들고 레몬 파스타를 했다. 1인당 면 100그램을 잡아 준비했는데 모두 너무 잘 먹어 파스타가 부족해 보였다. 중간에 냉동고에 있던 명란을 꺼내 명란 파스타를 추가했다. 결국 500그램 파스타 한 봉지를 셋이 깔끔하게 비우고서야 만족한 표정이었다. 남기고 결국 버리기 싫어 손 작게 음식을 했더니 생긴 일이다. 파스타라 금세 할 수 있어 다행이었지 밥이었다면 모두가 슬픈 일이었다. 역시 적은 것보다 많은 게 좋은가?

레몬 파스타

레몬 파스타는 오일 파스타에 레몬즙을 추가해 레몬 향을 낸 파스타로 상큼한 맛이 아주 좋다. 시중에 파는 레몬즙을 사용해도 좋지만 아무래도 신선한 레몬으로 하는 게 맛있다.

1. 파스타는 삶는다.

2. 마늘(1인분에 한 쪽)과 페페론치노를 넣고 오일을 넉넉히 두르고 조린다(불은 중불로).

3. 파스타가 다 익을 즈음엔 마늘과 오일이 든 팬에 레몬즙

(1인분 기준 1큰술)을 넣고 섞는다.

4. 잘 삶은 파스타를 3에 넣고 파스타 삶은 물과 오일을 넣고 센 불로 볶는다.

5. 그릇에 담고 치즈와 레몬 껍질을 갈아서 살짝 얹는다.

식사 시간을 내 맘대로 정할 수 있는 자유

12월 29일

하루에 두 끼로 식사 패턴을 맞춘 지 1년이 넘었다. 아침을 먹는 날도 종종 있지만 대체로 두 끼면 괜찮다. 남편은 새벽에 일어나 책도 읽고 글도 쓰고 난 조금 늦게 일어나 침실에서 휴대폰을 들여다보며 일기도 쓰고 게임도 하며 아침을 보내다 오전 10시쯤 마루에 나와 아침을 준비한다. 직장을 다니지 않아서 식사 때를 우리의 몸과 일정에 맞출 수 있다는 것은 자유 중에서도 큰 자유다.

오늘도 우린 오전 11시에 첫 끼니를 먹었다. 일단 쌀을 꺼내 씻고 냉장고를 들여다보며 무엇을 먹을까 잠시 고민했다. 채소 칸에 먹다 남긴 채소들이 있어 꺼내서 된장찌개를 끓이고, 매생이나물도 꺼냈다. 어제 도착한 달걀 네 알을 꺼내 매운 고추 송송 썰어 넣고 달걀말이를 했다. 달걀말이를 할 땐 소금과 함께 간장을 조금 넣어 간을 한다. 그래야 감칠맛이 잘 올라온다. 때때로 새우젓으로 간을 하기도 한다.

저녁엔 오후에 도착한 매생이로 매생이굴떡국을 끓였다. 남편은 떡국을 좋아한다. 나는 떡을 좋아하지 않고 떡국도 별로다. 떡볶이를 시키면 어묵만 건져 먹는다. 그런데 남편이 떡국을 좋아하는 것이 좀 편할 때가 많다. 적당한 국물만 있으면 떡을 넣어 한 그릇 뚝딱 만들 수 있기 때문이다. 하지만 오늘은 제대로 떡국을 끓였다.

굴을 들기름에 볶다 미리 준비한 채수를 붓고 끓을 때 떡을 넣는다. 떡이 익을 즈음 간장을 넣어 간을 하고 매생이를 넣는다. 매생이는 너무 푹 끓이면 안 된다. 큰 그릇에 매생이굴떡국을 한가득씩 담았다. 나처럼 떡을 좋아하지 않는 혜민 씨도 제법 잘 먹었다. 매일매일 식사를 준비하고 그 음식을 도란도란 같이 먹는 일은 하찮지만 소중한 일이고 쉽지만 어려운 일이다. 그 일을 더 잘하고 싶다. 식사를 마치고 남편과 혜민 씨는 벌떡 일어나 설거지를 했다. 언제나처럼.

새해 첫 끼니는 떡국이지! 올해는 매생이 떡국

2022년 1월 1일

특별한 날에 특별한 음식을 챙기는 것은 여유다. 새해 첫날, 첫 끼니로 매생이 떡국을 차렸다. 지난해까지는 고기 떡국을 먹었다. 소고기를 사다 육수를 내기도 하고, 파는 곰탕을 사서 그 국물에 끓이기도 했다. 올해는 멸치 육수로 끓였다.

어제 남편이 어묵탕을 먹고 싶다고 하여 멸치, 다시마, 무, 파를 넣고 국물을 넉넉히 만들었고 이 국물에 떡국을 끓였다. 주문한 굴이 다른 집으로 배송되었다고 하여 굴 대신 매생이를 넉넉히 넣었다. 남편과 재미있게 잘 살자고 서로에게 덕담을 하며 그릇의 바닥이 보이도록 떡국을 맛나게 먹었다. 저녁엔 밥을 먹으며 술 한잔했다. 밥상에 술을 먹다 안주가 떨어져 어묵을 달걀에 부쳐 먹었다. 나쁘지 않은 남편과의 하루다.

엄마의 잡채, 어묵 잡채
1월 4일

요 며칠 사이 유독 잡채가 자주 보였다. 연말연시 특별한 음식으로 잡채를 해 먹는 사람들이 많아서인 듯하다. 원래도 좋아하는데 자주 보이니 더 먹고 싶었다. 나는 잡채에 고기 대신 어묵을 넣는다. 어묵을 좋아하기도 하지만 이 방법이 익숙하다. 내가 고등학생이 되면서부터 엄마는 하숙집을 하셨다. 중 3 때 아빠가 뇌졸중으로 쓰러진 뒤 하신 선택이었다. 마침 우리 집은 대전 대신고등학교 바로 앞이었고, 대전 근교에서 똘똘한 고등학생들이 대전으로 유학을 하던 시절이었다.

하숙생은 모두 내 또래의 남학생들이었다. 우리 집은 늘 학생들로 북적였고 엄마는 매일 우리 가족은 물론이고 그들을 위해 엄청난 양의 음식을 하셨다. 그때 종종 먹던 음식 중 하나가 잡채였는데 대체로 어묵을 넣었다. 그래서일 것이다. 어묵이 든 잡채를 좋아하게 된 것이. 아니 어쩌면 나는 고기가 든 잡채를 성인이 된 후에나 먹었을지도 모른다. 그리고 지금은 고기를 먹지 않으니 잡채에 어묵을 넣는 것은 내게 너무 정당하다.

어묵 잡채

재료: 당면, 얇고 넙적한 어묵, 시금치, 파프리카, 고추, 대파, 양파, 마늘, 표고버섯

양념: 간장 1 : 조청 1, 소금, 참기름, 깨소금

준비: 당면은 미지근한 물에 30분 이상 불려 삶아 찬물에 헹궈 물을 뺀다. 어묵은 아주 뜨거운 물에 살짝 헹궈 표면의 기름기를 제거한다. 시금치는 데친 후 소금을 살짝 넣어 무치고 모든 채소는 깨끗하게 손질하고 길게 채 썬다.

1. 양파와 마늘을 중불에 충분히 볶다 채 썬 대파를 넣는다. 이 채소들이 숨이 죽으면 파프리카, 고추, 표고버섯을 넣어 볶고 어묵과 시금치는 가장 나중에 넣는다. 채소들을 볶을

때 소금을 살짝 뿌려 채소에 간이 배도록 한다. 이때 기름은 현미유나 카놀라유를 사용하는 게 일반적이나 나는 올리브유를 사용한다.

2. 채소들이 잘 어울려 익으면 당면을 넣고 간장과 조청(매실액이나 설탕으로 대체 가능)을 넣어 간과 색을 맞추며 살짝 버무리듯 볶는다. 참기름과 통깨를 넣어 마무리한다.

잡채를 만드는 법은 어렵지 않다. 다만 들어가는 재료가 많고 이 모든 재료를 일일이 손질하는 일이 번거롭다. 제대로 하는 분들은 모든 재료를 따로 볶은 후 마지막엔 큰 볼에 넣어 버무리는 방법으로 하기도 한다. 그러나 나는 재료가 익는 순서대로 한 팬에 볶고 당면도 같이 버무리며 살짝 볶는다. 이게 그나마 간단하기 때문이다.

모든 음식엔 이야기가 있다. 내가 좋아하는 음식엔 대체로 엄마 이야기가 담겼다. 오늘 저녁엔 내 방식대로 잡채를 해서 양껏 먹었지만 이 잡채의 뿌리도 엄마다.

밥 풀 땐 조금 남긴다
1월 10일

되도록 먹을 때마다 밥을 지으려 한다. 200밀리리터 계량컵 한 컵으로 밥을 지으면 남편과 둘이 먹기에 딱 알맞다. 세 끼를 먹을 때 한 컵을 지으면 밥이 조금 남았는데 요즘은 남질 않는다. 먹는 양이 조금 는 것이다.

밥을 풀 때 일부러 밥솥에 조금 남기고 푼다. 남기는 양은 두 숟가락 정도다. 이렇게 하게 된 데에는 몇 번의 서운함을 경험하고서였다. 어느 날인가 밥을 남기지 않으려고 솥의 밥을 모두 밥그릇에 담아 상을 차렸다. 당연히 남편의 밥 양은 평소보다 조금 많았다. 그럼에도 남편은 밥을 다 먹

126

고 밥이 더 있냐 물었다. 나는 평소보다 밥을 많이 담아 줘서 남편의 질문에 약간 당황했다. 밥이 없다고 하며 "내 밥 좀 줄까?"라고 물었다. 괜찮다고 답했지만 얼굴엔 서운한 표정이 스쳐 갔다. 이런 일이 두어 번쯤 반복되었고 나는 꾀를 냈다.

밥을 지은 양은 이전과 같이 하되 밥을 풀 때 솥에 두어 숟가락 남겼다. 남편은 퍼 준 밥을 다 먹고 밥그릇이 비면 아쉬운 표정을 짓는다. 그럼 그때 나는 "솥에 밥 더 있어."라고 말한다. 남편은 솥에 남아 있던 밥을 담아 와 기분 좋게 먹는다. 겨우 두 숟가락을 더 먹는 것이고 따지고 보면 원래 먹는 양을 두 번에 나눠 먹는 것이지만 만족감은 묘하게 크다. 이게 바로 조삼모사다.

남편과 나의 별거가 시작되었다
1월 11일

남편은 오늘부터 한 달 반 정도 주중엔 충북 청주에 머물기로 했다. 같이 있으면 아무래도 집중해야 할 수 있는 일을 잘 못하기 때문이다. 나는 남편의 동굴 생활을 적극 지지, 지원하는 편이다. 이것은 결혼 전에 철학 공부를 조금 꾸준히 하며 타자에 대한 이해를 높였기 때문이라고 생각한다. 결혼 초기엔 제주 여행을 혼자 다녀오도록 하고 서울 시내의 호텔 1박 상품도 선물했다. 조금 길게 따로 지내는 것은 3년 전 제주에 이어 두 번째다. 주말마다 서울에서 진행되는 책 쓰기 워크숍이 있어 주중에만 청주에 머문다.

남편이 큰 트렁크를 들고 떠나고 난 혼자 김밥을 차려 먹었다. 남편이 청주에 머무는 동안 식생활과 관련한 나의 목표는 '혼술을 하지 않고, 밥을 지어 먹을 것이며, 설거지는 바로 한다.'이다. 일단 첫날은 잘 지켰다. 남편은 청주에 잘 도착해서 새로운 책을 쓰기 위한 워밍업이 잘되고 있다고 한다. 나도 이번엔 좀 더 재미나게 지내야겠다.

김과 환상의 짝꿍, 고추간장
1월 13일

오늘도 날 위해 밥상을 차렸다. 첫 끼는 좋아하는 레몬 파스타. 두 번째는 고추간장을 맛나게 만들어 김과 함께 먹었다.

고추간장은 언뜻 간단해 보이지만 재료 손질에 공이 많이 든다. 멸치는 내장과 머리를 제거하고 마른 팬에 볶은 후 일일이 잘게 잘라야 하고, 고추는 길게 사등분해 씨를 빼고 잘게 썰어야 한다. 콩나물 뿌리 따는 것만큼 단순한 일이지만 시간이 오래 걸린다. 사실 대부분의 음식이 비슷하다. 나물도 무치는 데는 어려움이 없지만 손질하는 데는 시간이 필요하다. 특히 냉이와 달래는 손질하기 귀찮아 사지 않을 정도다. 그런데 또 이런 식재료로 만든 음식은 맛있다.

오늘 먹은 레몬 파스타는 거의 20년 전 스위스 바젤에서 먹고 반한 음식인데 이제 스스로 한다. 유튜브에서 이탈리아 파스타 장인 제나로 콘탈도(Gennaro Contaldo)가 소개하는 방법을 몇 번 연습했더니 이제 제법 맛이 나는 수준이 되었다. 방법도 아주 간단하다. 올리브유 파스타를 만드는 과정 마지막에 레몬즙을 짜 넣어 비비고 치즈를 토핑하고 레몬 껍질을 갈아서 얹으면 된다. 상큼하고 향긋해서 아주 좋다. 경험상 레몬 양은 파스타 1인분에 3분의 1 정도면 적절하다.

고추간장은 고추에 간장을 넣어 조린 음식으로 고은정 선생님의 레시피를 따라 한다. 특히 김이 맛있는 이때 해 두었다가 김에 밥을 얹고 고추간장을 넣어 먹으면 다른 반찬이 필요 없다.

고은정 선생님의 고추간장

재료: 손질한 국물용 멸치 1컵, 청양고추 10개, 풋고추 10개, 현미유 1큰술, 들기름 2큰술, 다진 마늘 1큰술, 물 1/2컵, 간장 4~5큰술, 조청 2큰술, 참기름 1/2큰술, 통깨 약간

1. 멸치는 머리와 내장을 제거하고 기름기 없는 프라이팬에 넣고 볶은 후 잘게 잘라 놓는다.

2. 고추는 깨끗이 씻어 4등분하여 잘게 썬다.

3. 달군 프라이팬에 현미유와 들기름을 순서대로 두른 후 다진 마늘을 넣고 볶는다.

4. 마늘 향이 밴 기름에 1의 손질한 멸치를 넣고 볶는다.

5. 멸치가 골고루 볶아지면 2의 고추를 넣고 같이 볶는다.

6. 물 1/2컵을 조청과 함께 넣고 자작하게 끓이면서 간장으로 간을 한다.

7. 참기름과 통깨를 넣고 버무려 마무리한다.

나의 프라이팬과 엄마의 프라이팬
1월 17일

매번 실패하는 주방용품 중의 하나가 프라이팬이다. 광고에 혹해서 사고 광고 내용과 품질이 달라서 실망하길 반복했다. 인생 마지막 프라이팬이라는 심정으로 버미큘라 무쇠 프라이팬을 구매했다. 현재 코팅 무쇠 팬과 스테인리스 팬을 사용하는데 무쇠 팬은 너무 무거워 사용하기 힘들 정도고 스테인리스 팬은 오래 쓰고 깨끗해 여러 면에서 좋은데 사용법이 좀 까다롭다. 이번에 구매한 프라이팬은 무쇠를 얇게 한 후 법랑 코팅을 하여 가볍고 사용하기 편하다고 광고했다. 실제로 보통 무쇠 팬보다 가벼웠고 예열 과정이 필요하지만 사용도 편했다. 이 팬에 했던 첫 음식은 두부 지짐이다.

새로 산 프라이팬은 과장 조금 더해 저렴한 코팅 프라이팬 열 개 살 정도의 가격이다. 코팅이 잘된 비싼 프라이팬을 쓸 때 종종 엄마의 오래되고 낡은 프라이팬이 생각난다. 낡은 팬에 기름을 먹여 사용하는 엄마를 보고 나는 프라이팬이 무척 비싸서 마르고 닳도록 오래 사용해야 하는 주방용품인 줄 알았다. 살림을 하면서 프라이팬은 코팅이 벗겨지면 버리고 새로 구매해야 하고 코팅이 벗겨지지 않은 팬에 굳이 기름을 정성스럽게 먹일 필요가 없으며 (제품에 따라 다르지만) 그렇게 비싸지 않다는 것을 알았다. 엄마의 팬이 그토록 낡았던 것은 당시 우리 집 형편이 프라이팬 한 장도 여러 번 생각을 거듭한 후 사야 했을 정도로 좋지 않았기 때문이다. 프라이팬뿐만 아니라 세탁기와 냉장고도 우리 식구 규모에 비해 작았다. 그땐 그게 모두 당연했는데 지금 생각하니 그것은 모두 가난했던 현실이었다. 다만 그 가난을 내가 뼈저리게 느끼지 못한 것은 엄마가 여러 방법으로 가족을 돌봤기 때문이란 것을 이제야 깨닫는다.

엄마 찬장 안의 그릇은 K-빈티지

1월 20일

갑작스럽게 경북 안동에 다녀온 이유는 바로 그릇 때문이다. 아흔 해를 살다 돌아가신 분이 사용하셨던 그릇을 가져오기 위해서였다. 이것들 중엔 어렸을 때 우리 집에도 있던 그릇과 비슷한 것도 있었다. 대부분 40~50년 전에 생산되고 오랜 시간 돌아가신 어른의 부엌 찬장에 자리 잡고 매우 여러 사람의 시간을 만나왔을 것이다. 사용한 시간만큼 세월의 흔적도 깊다. 그릇에 인쇄된 꽃무늬(명품처럼 손으로 그린 것이 아니다)는 색이 바랬고 낡았다. 하지만 이 낡음이 무척 사랑스러웠다.

빈티지, 앤티크 이런 단어를 잘 모르고 내 형편에 맞지 않아 엄두도 내지 않는다. 다만 감각적으로 이쁘게 사용할 수 있다면 우리 어르신들의 낮고 작은 찬장 안에 있던 그릇도 얼마든지 빛날 수 있다는 생각이다.

"빼 주세요."라는 요구
1월 22일

일하다 배가 고파지거나 당이 떨어져 남의 일을 대충 하게
될까 봐 아르바이트 출근길에 맥도날드에 들러 아침 메뉴를
시켜서 먹는다. 맥도날드의 아침 메뉴 머핀을 좋아하는데
햄(내가 보기엔 햄인데 맥도날드는 베이컨이라 함)이 들어
가 몇 번 망설이다 어제 드디어 햄을 빼 줄 수 있냐고 물으
니 "네."라는 간결한 답이 돌아왔다.

　　내친김에 오늘도 부탁했다. 베이컨 토마토 에그 머핀
에서 햄을 뺐다. 얇게 썬 토마토, 양상추, 달걀프라이가 든
따뜻한 머핀이 맛있었다. 중국집에서는 안 통했던 "빼 주세
요."요구를 맥도날드에선 당연한 일인 듯 들어줬다. 앞으
론 자주 묻고 요구해야겠다.

쓸쓸할 거 같으면 친구 불러 같이 먹자
1월 31일

우리 부부는 명절에 딱히 하는 일이 없다. 나는 부모님이 모두 돌아가셔서 찾아뵐 곳이 없고 남편도 나와 별반 다르지 않다. 그래서 선물을 주고받고 유난스럽게 음식을 하는 일이 없다. 그래도 명절이 되면 마음이 다소 심란하고 쓸쓸해진다. 오늘은 섣달그믐. 둘이 조용히 보낼까 하다 동네 친구들을 불러 같이 저녁을 먹었다. 동네 친구들은 혼자 사는 남자들이지만 설날 아침엔 본가에 가 아침을 먹는다고 다른 때보다 간단히 마쳤다.

오늘 준비한 음식은 어묵탕, 매생이나물, 두부김치, 겉절이, 오징어튀김 그리고 김치밥이었다. 특별할 거 하나 없는 음식이지만 같이 먹으면 즐겁다. 역시 쓸쓸한 마음이 들 땐 음식을 해서 같이 먹어야 한다.

입춘

봄으로 들어가는 길목에
항아리를 씻고

내 식탁의 중심, 장 담그기 준비 시작!

2월 3일

보통 음력 정월 말날[지지(地支)가 '오(午)'로 된 날]에 장을
담그고 진달래꽃이 절정일 때 담갔던 장을 가른다고 했다.
나는 보통 2월 말에 장을 담그고, 담근 지 50~60일이 지난
후 장을 가른다. 장을 담글 때 필요한 것은 메주, 소금, 물밖
에 없지만 미리미리 챙겨야 할 것이 많다. 메주는 지난해 11
월에 예약을 해뒀다. 항아리 정리와 장을 담그고 메주가 떠
오르지 않게 누를 대나무 가지를 구해야 한다. 올해는 콩 한
말(대략 메주 4장)로 장을 담근다.

2016년부터 장을 직접 담갔으니 어느새 7년 차에 접어든다. 올해는 우리 집 장을 담그고 우리 집에서 같이 담그는 분들의 장을 담그고, 동네 친구 세미 씨와 요조 씨의 장 담그기를 도울 생각이다. 채식 생활자인 세미 씨와 채식 지향자인 요조 씨에게 나는 장을 담그길 적극 권했다. 아무리 생각해도 잘한 일 같다. 채식을 하다 보면 사 먹기보다는 스스로 챙겨 먹는 경우가 많은데 이때 좋은 장으로 음식을 해 먹으면 여러 면에서 간단하고 좋기 때문이다.

그간 연도별로 구분했던 간장을 작년에 담근 것만 빼고 2016년 간장부터 2020년 간장까지 모두 한 항아리에 섞었다. 된장도 그렇게 해야 하는데 그리 쉬운 일이 아니라 고민이 이만저만이 아니다. 이렇게 해도 최소 항아리 6개는 유지되어야 한다.

해장에 최고, 김치칼국수
2월 4일

좋아하는 해장 음식은 매콤한 면 음식이다. 김치칼국수는 내게 맞춤한 음식이다. 어렸을 때 큰언니가 종종 김치칼국수를 해줬다. 언니는 뭐든 뚝딱뚝딱 음식을 잘한다. 최근 동네 분식집에서 김치칼국수를 내놓았다. 분식집에서 이 음식을 선보인 후로 종종 사 먹었다. 오늘은 직접 해 먹었다. 어제 끓여둔 매콤한 콩나물국과 마침 생칼국수 면도 있었기 때문이다. 콩나물국에 김치와 물을 더 넣고 보글보글 끓이다 면을 넣고 간장으로 간을 맞췄다. '베테랑칼국수' 밀 키트에 있던 고춧가루, 들깻가루, 김가루를 얹었다.

김치칼국수

멸치를 기본으로 하여 국물을 낸다. 그러나 맹물이어도 상관
없다. 김장 김치는 이미 다양한 맛을 품었다.

재료: 잘 익은 김치, 칼국수 면, 고명용 대파, 간장

1. 김치를 송송 먹기 좋게 썬다.
2. 김치를 냄비에 넣고 정량의 물을 붓고 끓인다. 김치 국물도
   같이 넣는다(김치가 너무 시면 설탕을 조금 넣는다).
3. 김치가 어느 정도 부드러워지면 칼국수 면을 넣는다.
4. 부족한 간은 간장으로 하고 취향에 따라 달걀을 곱게 풀어
   넣어도 좋다.

　　사실 요리랄 것도 없다. 맛있는 김치가 다 하는 음식
이다.

샐러드의 다른 이름, 봄동 과일 겉절이
2월 5일

과일을 잘 먹지 않는다. 그러니 오래된 과일이 종종 냉장고에 있다. 이럴 때 과일 겉절이를 한다. 오늘은 쌈배추와 사과, 배로 겉절이를 해 과일도 채소도 양껏 먹었다. 과일, 꼭 샐러드로 먹을 필요는 없다. 겉절이를 샐러드인 양 먹으면 된다. 그러니까 샐러드는 겉절이의 다른 이름이다. 쌈배추 대신 요즘 한창인 봄동을 넣으면 훨씬 맛이 좋다. 쌈배추든 봄동이든 방법은 똑같다.

봄동 과일 겉절이

재료: 봄동 한 포기, 사과 반쪽, 배 반쪽

양념: 고춧가루 3큰술, 멸치 액젓 3큰술, 다진 마늘 1톨 분량, 다진 파 1큰술, 취향에 따라 매실액과 식초 1큰술 내외

1. 봄동은 먹기 좋게 찢고, 배와 사과는 납작하게 썬다.

2. 양념 재료를 잘 섞은 후 1에 넣고 버무린다. 끝!

만약 참기름을 넣고 싶으면 식초를 넣지 말자. 겉절이에 참기름과 식초를 같이 사용하면 맛의 조화가 안 좋다.

음식은 마음도 기후도 담는다
2월 8일

웬만한 면 음식은 다 좋아해서 그 지역에 가면 꼭 찾아가는 음식점이 있다. 부산에 가면 벡스코역 근처에 있는 메밀국숫집 '면옥향천'을 찾는다. 이 음식점을 운영하는 김정영 요리사는 텔레비전의 프로그램에서 '우동의 달인'으로 소개된 적이 있지만 지금은 우동 대신 메밀국수를 만든다. 잘하는 음식 우동에서 메밀로 종목을 바꾼 이유를 물은 적 있다. 그는 "아버지가 편찮아지면서 내가 만들어 파는 음식에 대한 고민을 많이 했다. 우동은 매일 먹기엔 부담이 있다. 내가 잘할 수 있는 음식 중에 편찮으신 내 아버지가 매일 드셔도 괜찮은 음식은 무엇일까? 그러던 중에 메밀을 생각했고 그 메밀로 음식을 하기 시작했다."고 말했다. 이 말을 요리사에게 직접 들으니 '면옥향천'의 메밀국수는 더 특별하게 느껴졌다.

오랜만에 신사동 '현우동'에 갔다. 박상현 요리사가 합정동 '우동 카덴'에서 우동을 만들 때부터 그의 우동을 먹었다. 그가 신사동에 현우동을 열었을 때 나는 기뻤다. 꾸준히 다닐 수 있는 우동집이 생겼기 때문이다. 거리가 있어 자주 가진 못하나 강남에 가면 종종 찾아가 우동을 먹는다. 현우동은 미쉐린 가이드의 빕 구르망(Bib Gourmand, 합리적인 가격에 훌륭한 음식을 제공하는 식당) 리스트에도 연속해 가게 이름을 올리며 나름의 길을 묵묵히 걷고 있다.

현우동에선 계절별로 그때에만 내놓는 우동이 있다. 그래서 가게가 너무 복잡하지 않으면 메뉴판에 없는 계절 우동을 요청하기도 한다. 박상현 요리사께서 오늘은 '유바우동'을 추천해 주셨다. 유바는 두유에 콩가루를 섞어 끓여 그 표면에 엉긴 엷은 껍질을 걷어 말린 것으로, 우리말로 '두부 껍질'이라고 한다. 유바우동은 교토의 겨울 음식이다. 교토식 유바우동은 달걀에 전분을 넣고 풀어 걸쭉한 국물이 마치 달걀막처럼 느껴진다. 이 달걀막은 우동의 온도를 유지하는 역할을 한다. 덕분에 교토 사람들은 추운 날씨에도 끝까지 따뜻한 우동을 먹을 수 있었다고 박상현 요리사는 설명했다.

요리사에겐 번거로운 일이겠지만 가끔 요리사로부터 음식에 대한 이야기를 듣는 것은 참 좋다. 박찬일 요리사가 풀어놓은 짜장면 이야기 『곱빼기가 있어서 얼마나 다행인가』가 재미있는 이유도 같은 맥락이다.

"고노와다에 소주 한잔하실래요?"
2월 9일

연초에 잠깐 평소 내가 하는 일과 사뭇 다른 일로 아르바이트를 한다. 동네 친구의 회사에 가서 이탈리아에서 냉장 배를 타고 도착한 올리브유를 포장하여 선주문한 고객에게 발송하는 일이다. 유리병에 든 올리브유가 깨지지 않도록 포장하고 이것을 주문 상품과 수량에 맞춰 박스에 담고 운송용 송장을 붙인다. 비교적 단순한 일이지만 방심하면 물건이 바뀌어 도착해 구매자가 자신이 주문한 용량보다 크거나 작은 병의 오일을 받는다. 그러면 회사는 이에 대한 대응을 해야 하니 두세 번 일이 된다.

월요일에 배송이 시작되어 고객은 화요일 저녁부터 올리브유를 받기 시작했다. 오늘은 올리브유가 주문한 것과 다른 것이 도착했다는 전화가 여러 통 걸려 왔다. 초보인 내 실수가 적지 않은 느낌이었다. 이런 가운데 나의 아르바이트는 끝났고 우린 회식을 했다. 안내받은 음식점은 성신여대 근처 '진심식당 다노신'이었다. 아니, 여기는 내가 종종 다니던 이자카야 아닌가! 대학로에서 이사를 했다는 소식만 듣고 새 장소엔 한 번도 와보지 못했다. 다노신의 신용호 요리사님은 음식 인문학을 공부하던 '끼니'의 맛 칼럼니스트 과정 3기 수강생이어서 인사를 나누기도 했다(나는 4기). 다노신이 대학로에 있을 때 종종 다녔는데 성신여대 쪽으로 이사한 후론 찾아가야지 마음만 먹었을 뿐인데 동네 친구가 종종 다니는 곳이라며 안내해 무척 반가웠다.

　　우니(성게젓) 삼합을 시작으로 술과 안주를 신나게 먹었다. 안주가 남으면 술을 시키고 술이 남으면 안주 시키기를 반복하다 동네 친구며 나의 아르바이트 회사 사장님은 우니 삼합에서 남은 광어회와 같이 먹겠다며 '고노와다'를 외쳤다. '고노와다', 이 얼마나 반가운 음식인가! 11년 전 5월 23일 나는 "고노와다에 소주 한잔하실래요?"라는 문자로 지금의 남편에게 미끼를 던졌고 그 미끼를 덥석 물고 그가 했던 말은 "고노와다가 뭔지 궁금해서 나왔다."였다.

　　고노와다는 해삼의 창자다. 해삼은 위기에 직면하면

창자를 방출하여 위험에서 벗어난다. 이 창자가 사람들에게 인기 있는 음식이다. 고노와다는 창자에 있던 개흙을 제거하고 만든 젓갈이다. 손질이 까다롭고 비릿하고 미끄러운 식감 때문에 호불호가 있지만 나는 고노와다에 한치나 광어회를 비벼 먹는 것을 좋아한다. 문제는 맛있는 고노와다를 내놓는 집이 흔치 않다는 점이다. 그런데 우연히 오랜만에 들른 '진심식당 다노신'에 고노와다가 있었다. 고노와다 주문에 탄성을 지르고 나의 연애 작업기를 얘기하다 자리를 마무리하고 일어나 집에 왔다.

입안에 남은 갯내음과 비릿한 맛이 정말 좋았다. 남편이 청주에서 돌아오면 고노와다에 소주 한잔하러 다노신에 가자고 해야겠다. 물론 내가 쏜다. 아르바이트비를 받았으니까.

남편이 오는 날, 대보름 오곡밥을 미리 짓다

2월 12일

남편이 오는 날이다. 나는 엊그제 정월 대보름 오곡밥용 혼합 잡곡을 구매했다. 잡곡은 우체국 택배로 온다고 안내가 왔다. 우체국 택배는 오전 11시에서 11시 30분 사이에 도착한다. 남편은 오전 11시에 남부터미널에 도착 예정이란다. 오랜만에 주말에 집에 머무르는 혜민 씨도 아침에 잠깐 중고 거래를 마치고 점심 즈음엔 집에 올 것 같았다. 나는 같이 밥 먹기에 완벽한 조건에 맞춰 점심을 짓기로 했다.

점심은 오곡밥과 미역국으로 하기로 했다. 정월 대보름은 15일, 보름 음식은 14일에 먹는 것이지만 그날은 남편이 다시 청주에 머무는 날이다. 그래서 미리 오곡밥을 짓기로 한 것이다. 보름 오곡밥용 잡곡은 농사도 가공도 판매도 열심히 하시는 경상북도 군위의 박신주 농부님이 운영하는 '소보마실'에서 구매했다. 팥, 조, 수수, 붉은 콩, 땅콩, 대추는 모두 손질하고 불릴 것은 불려 냉동해서 6인분씩 소분해 판매하시니 우리처럼 식구가 적은 집에 좋다. 안 그러면 오곡밥에 필요한 잡곡을 종류별로 사서 다 먹지 못하고 자리만 차지하다 결국 어떻게 될지 모르기 때문이다. 실제로 3~4년씩 자리만 차지하던 잡곡을 얼마 전에 정리했다.

낮 12시 식사에 맞춰 11시에 찹쌀과 맵쌀을 씻어 불리고 미역도 불려 국을 끓이기 시작했다. 미역을 너무 많이 불려 일부는 무치기로 했다. 무치려 보니 오이가 없어서 오이 대신 사과를 넣고 간장, 식초, 매실액을 넣고 무쳤다. 냉동고에 있던 어묵과 일주일째 냉장고에서 방치되어 있던 포항초도 한 프라이팬에 넣고 볶았다. 혜민 씨가 좋아하는 김은 넉넉하니 양념장만 만들면 된다. 역시 잡곡은 11시 20분에 도착했다. 모든 게 내 계획대로 순조롭게 진행되었다.

남편은 12시에 도착했고 이어서 혜민 씨도 돌아왔다. 오랜만에 셋이 앉아 밥을 먹었다. 우리 셋은 그간 어떻게 지냈는지 일상의 얘기를 나누며 식사했고 식사 후엔 남편은 설거지를, 혜민 씨는 생일에 받은 커피 쿠폰이 많다며 커피를 사 오겠다며 나갔다. 완벽한 식사였다.

정월 대보름 음식 러버의 나물 조리법
2월 14일

명절을 챙기는 것을 좋아하지 않듯 명절 음식을 챙기지 않는다. 이런 내가 유일하게 챙기는 음식은 정월 대보름 오곡밥과 묵나물이다. 물론 정월 대보름이 4대 명절은 아니다. 그러나 나는 정월 대보름 음식을 다른 명절 음식보다 더 좋아한다. 이 음식은 여러 사람과 같이 먹어야 더 맛있다. 할 수 있다면 정월 대보름 음식을 같이 먹는 모임이라도 만들고 싶은데 음식을 나누고 싶은 사람 중에 이런 내 맘과 같은 사람은 없을 테니 그냥 남편과 열심히 해 먹어야겠다. 그런데 올해는 남편과도 같이 먹을 수 없어 건너뛰려 했다.

　그런데 내게 구세주가 나타났다. 바로 민주 씨다. 민주 씨는 블로그로 알게 된 친구인데 어느새 20년의 인연이 되었다. 그의 특기는 내게 응원과 지지를 보내기이다. 한 달여 전 인왕산 만남 후 민주 씨 집에서 식사를 하고 우린 정월 보름경에 만나기로 했다. 날짜를 체크하니 민주 씨도 오늘이 좋다고 했다. 아침에 냉동고에 있던 고사리를 꺼내고 호박고지, 가지말랭이, 건표고버섯을 꺼내 물에 불리기 시작했다. 둘이 먹을 분량만큼의 나물은 있었다. 시래기나 말린 나물을 한두 가지 살까 하다 시금치만 한 단 샀다. 민주 씨가 돌아가면 안 먹을 게 뻔하기 때문에 욕심내지 않기로 했다.

　음식을 배우기 전엔 나물 음식을 하려면 머리부터 아팠다. 도대체 어떻게 맛을 내야 할지 몰랐기 때문이다. 여기 저기 산재한 레시피와 비법을 찾아 따라 했지만 원하는 맛은 아니었다. 그러다 고은정 선생님께 장을 배웠고 이제 제법 나물 맛을 낸다.

1. 양념을 단순화해야 한다. 특히 마늘과 참기름 사용엔 인색해야 한다.

2. 간장과 들기름을 잘 사용해야 한다. 오늘 내가 한 나물 요리 네 가지에도 간장과 들기름 외에 별 특별한 재료를 사용하지 않았다. 기본 볶음은 들기름으로 했고 고사리나물과 가지말랭이나물은 간장으로, 호박고지나물은 간장과 새우젓, 건표고버섯은 간장과 소금으로 간을 했다. 파와 마늘은 다져서 최소로 사용했다.

3. 건나물을 요리할 땐 먼저 나물을 충분히 불리고 잘 삶아 다시 불린 후 들기름으로 볶다 채수에 간장 간을 하여 붓고 팬의 뚜껑을 덮어 나물에 부드럽게 간이 배도록 한다. 맛있는 간장만 있다면 다른 양념이 필요 없다.

4. 서두르면 안 된다. 여유를 갖고 천천히 조리해야 한다.

초대의 즐거움

2월 18일

좋아하는 친구가 왔다. 뮤지션 겸 작가 요조 씨다. 내가 뽐내는 레몬 파스타와 시금치 사과 겉절이를 해서 후다닥 같이 점심을 먹었다. 나는 음식을 잘하지 못하지만 좋아하는 사람들을 불러 같이 밥 먹는 것을 좋아한다. 특히 혼자 사는 사람이라면 더 자주 부르고 싶다. 서울 올라와 혼자 살며 직장 생활 할 때 난 밥해 먹는 게 정말 싫어서 우리 집 싱크대는 늘 말라 있었다. 혼자 먹겠다고 음식을 준비하고 먹고 치우는 행위가 세상에서 가장 귀찮은 일이었으니 당연히 먹는 게 부실했다. 그때 누군가 날 자신의 집에 불러 밥을 차려

주었다면 나는 무척 행복하고 감사했을 것 같다. 불행하게
도 내게 그런 사람은 없었던 것 같다. 기억나는 사람이 하나
도 없으니. 그래서 나는 혼자 사는 사람은 나와 같은 마음일
것 같아 불러서 밥을 먹이고 싶다.

오늘은 동네 친구가 내게서 가져갈 물건이 있어 오는
김에 같이 파스타 간단히 해 먹자고 한 것이다. 어차피 나도
먹어야 할 밥. 그야말로 숟가락 하나만 더 얹으면 되는 일이
니까. 술과 안주가 아닌 담백한 한 끼 식사를 내 방식으로
준비해 내는 일은 행복하니까.

시금치 사과 겉절이 또는 샐러드
냉장고에 샐러드 채소가 없었다. 시금치와 사과, 레몬만 있었
다. 시금치 살짝 데쳐 소금 솔솔 뿌려 간하고 사과 납작하게
썰어 시금치와 섞은 후 고춧가루와 김 찍어 먹으려 만들어둔
파를 다져 넣은 양념간장으로 무친 후 들기름을 뿌렸다. 그랬
더니 제법 맛있는 음식이 되었다.

장 담그기를 가르쳐주는 즐거움
2월 19일

내가 정말 좋아하는 일이 있다. 내게 크게 이득을 주는 일도 아니고 하지 않는다고 큰일이 나는 것이 아닌 일, 그런데 하면 신나고 뿌듯한 일. 그것은 바로 장 담그기를 전파하고 좋아하는 사람이 장을 담근다고 하면 적극적으로 나서서 돕는 것이다.

좋아하는 일을 했다. 지난해 늦가을 새로운 집으로 이사한 요조 씨는 집에 테라스가 있다며 장을 담가보고 싶다고 했다. 나는 "좋다, 내가 도와주겠다." 선언을 하고 메주를 구입하고 당근에서 적당한 항아리를 찾아서 링크를 보내줬다. 드디어 장 담그는 날, 메주가 뜨지 않도록 사용할 조릿대를 들고 그의 집으로 갔다. 그는 맥주를 한 병 따서 마시고 있었다. 나에게 장 담그는 게 너무 좋아서 낮술을 한잔하는 중이라고 설명했다. 그의 말에 난, 장을 담근 후 마셔야지 담그기 전부터 마시냐 웃으며 대꾸했다. 그도 자신이 좀 웃기다고 생각했는지 쑥스럽고 귀여운 표정으로 웃었다.

물을 끓여 항아리를 소독하고 메주를 닦아 물을 빼고 큰 항아리에 물 20리터, 소금(정제염) 4킬로그램을 넣고 녹인 후 메주를 소금물에 담갔다. 메주를 항아리에 넣는 것은 반드시 장의 주인이 하게 한다. 소금물에 메주를 넣는 게, 그게 인생 첫 경험이라면 매우 떨리고 벅차다. 그 좋은 기억을 나는 뺏고 싶지 않다. 요조 씨가 메주를 넣을 때 난 카메라로 사진과 영상을 찍었다. 마지막 메주를 넣고 요조 씨는 손뼉을 치며 어린아이처럼 좋아했다. 나는 장을 가를 땐 먹을 것도 준비하자고 했다. 가를 땐 더 재밌으니까.

간장은 몇천 원만 들고 동네 상점에 가면 쉽게 살 수 있다. 그런데 오늘 담근 장은 최소 1년, 적어도 2년 후부터 제맛을 낸다. 그러니 장을 직접 담그는 것은 무척 비효율적인 일이 아닐 수 없다. 그런데 직접 밥을 지어 먹어봐야 밥을 하는 과정을 알고 맛있는 밥의 조건을 알듯이 장도 마찬가지나. 징을 담근다면 "된장요? 아니면 간장요?" 하는 질문을 많이 듣는다. 그들은 된장과 간장이 한 항아리에서 나온다는 것을 모르는 것이다. 소금물에 담근 메주를 두어 달 후 꺼내 잘 부숴 항아리에 담아 숙성시키면 된장이 되고 메주가 담겼던 소금물을 잘 걸러 다른 항아리에 넣고 숙성시키면 간장이 된다.

장을 담가 먹는 게 대단한 일은 아니지만 확실한 것은 장을 담그기 전과 후로 식생활에 변화가 생긴다. 자신이 담근 장이 잘 익어 그 장으로 음식을 하기 시작하면 냉장고 포켓에 자리 잡고 있던 다국적 소스병들은 하나둘 줄어들 것이다. 단순하고 건강한 식생활을 위한 걸음이 시작된 것이다. 그래서 나는 담가 먹는 장의 효용을 말하고, 좋아하는 사람이 장을 담그고 싶다면 정말 기쁜 마음으로 돕는다. 장을 담그기 시작하면서 음식의 새 장이 열린다는 것을 알기에.

요조 씨의 장이 잘 익기를 바라며 이 장 덕분에 우리 사이도 잘 익어가길 바란다.

장 담그기 7년 차, 나의 장 담그는 법과 리듬

2월 22일

음력 정월 스무이틀 날, 말날에 올해의 장을 담갔다.

올해 메주 6장, 물 27리터, 소금 5.4킬로그램으로 장을 담갔다. 메주는 '백말순 간장', 소금은 '한주 장소금'(정제염), 물은 수돗물, 항아리는 '인월요업'의 것을 사용했다. 2016년부터 장을 담그기 시작해 어느새 7년 차이다.

처음 장은 메주 2장으로 성수동 아파트에서 담갔다. 첫 장을 지극 정성으로 돌보던 내가 기억난다. 아파트 베란다에선 아무리 정성 들여 돌봐도 곰팡이가 계속 생겼다. 결국 간장을 달여가며 눈에 보이는 곰팡이와 싸웠다. 그러면서 알게 된 것은 맛있는 장이 되기까지 햇빛도 중요하지만 바람이 더 중요하다는 것. 세를 살던 아파트의 주인이 2년 단위로 세를 올렸고 두 번째 세를 올릴 즈음엔 아파트를 매매하여 우린 이사를 나와야 했다. 나는 장이 잘되는 집으로 옮기고 싶었다. 이것은 볕이 잘 들고 바람이 잘 통하는 마당이 있는 집을 뜻한다. 결국 장 담그기 2년 차엔 성북동 산꼭대기 작은 집 마당에서 장을 담글 수 있게 되었다. 마당에 있는 항아리 속 장은 가끔 들여다보는 것만으로도 별 탈 없이 맛있게 익었다.

7년 차에 이르기까지 우리 집 장독대를 거쳐 간 사람이 많다. 이 일은 별것 아닌 듯 보이나 꽤나 신경 써야 할 일이 많다. 특히 나와 같은 항아리에 장을 담그면 분배에도 신경을 써야 한다. 메주 한 말, 물 20리터로 장을 담그면 간장은 2리터 내외, 된장은 18킬로그램 정도 나오며 난 늘 내 몫을 적게 남기고 분배했다. 그러다 이게 서로에게 편한 일이 아니란 것을 깨닫고 재작년부터는 내 항아리는 단독으로 관리하기 시작했다.

장 담그는 햇수가 쌓이며 항아리 관리도 고민거리가 되었다. 올해 나는 과감하게 오래 묵은 장을 한 항아리에 모았다. 담근 지 3년 차 이상의 장은 한 항아리에 모았다. 그래서 항아리 6개(간장 셋, 된장 셋)로 장독대를 완성시키며 이제야 리듬이 생겼다.

많이 담가 나눠 먹어야 제맛
2월 25일

그제 담근 나박김치가 알맞게 익은 것을 확인하고 동네 비건 친구들에서 좀 나눠 주겠다 문자를 보냈다. 둘 다 환호작약했다. 음식이든 물건이든 주는 것을 기쁘게 받을 수 있는 것도 능력이다. 누군가를 칭찬하는 게 쉬운 일처럼 보이나 그렇지 않듯, 선물을 받고 기쁜 감정을 표현해 보이는 것도 쉽지 않다. 아무튼 내 동네 친구들은 주는 사람이 신날 만큼 기뻐해 줬다.

저녁엔 승연이 동네로 와주었다. 남편이 없는 동안 한번은 나와 식사를 해야지 했다며 와준 것이다. 이 또한 고마운 마음이다. 우린 동네 단골 횟집에 가서 회와 술을 마셨고, 마시던 중 동네 책방 '책보냥'의 주인 김대영 작가와 양익준 감독과 연락이 되어 우리 집으로 자리를 옮겨 신나게 이야기를 나눴다. 허물없이 만나 서로의 이야기를 나눌 수 있는 것은 음식의 힘이다. 이 두 명의 남자분과는 같은 동네에 터를 두고 살며 일한다는 이유로 종종 같이 식사를 한다. 둘 다 혼자 살기 때문에 나는 솜씨는 일천하지만 음식을 나눠 준다. 오늘도 집으로 가는 그들의 손에 나박김치와 마당에서 자른 매화 가지를 들려 보냈다.

김치란 음식은 담글 때 조금 많이 담가야 맛있는데 이걸 또 끝까지 힘내서 너무 열심히 먹으면 맛이 없어진다. 그러니 김치를 맛있게 먹는 최고의 방법은 많이 담가 나눠 먹는 것이다.

채식 지향자의 외식
3월 1일

세미 씨와 신사동 가로수길에 갔다. 세미 씨가 식사를 대접하겠다고 했고 나는 그의 호의를 기쁘게 누리기로 했다. 비건인 세미 씨는 내게 비건 선택이 가능한 식당을 제안했다. 요즘 채식인들이 증가하며 비건 선택이 가능한 음식점이 늘고 있다. 무척 좋은 일이다.

　　고기를 좋아하는 사람이 다양한 고기를 선택해 먹을 수 있듯 그렇지 않은 사람은 고기를 뺀 다른 음식을 다양하게 선택해 먹을 수 있어야 한다. 이를테면 주재료가 고기가 아닌 음식이라면 같은 음식에서 고기가 빠진 음식도 먹을 수 있으면 된다. 오늘 간 음식점은 바로 이런 선택이 자유로운 곳이었다. 태국 음식점인데 두부를 아주 잘 이용해 새우나 다른 육류를 대체해 제공했는데 모두 만족스러웠다. '채식한끼'라는 앱을 사용하면 비건 선택이 가능한 음식점을 알 수 있다.

　채식을 시작한 후로 먹지 않을 자유에 대해 많이 생각하게 된다. 군대에서도 학교 급식에서도 먹지 않을 자유가 보장되면 좋겠다. 대선 후보 중 이런 내용으로 공약을 낸 후보도 있으니 곧 좋아지리라 생각한다.

냉이무침만큼 허무한 음식이 있으랴
3월 6일

나물이란 식재료는 참 허무하다. 제법 많을 양을 사서 먹는 시간보다 열 배 스무 배 시간을 들여 손질해서 무치면 양은 10분의 1로 줄고 먹는 데는 순간이기 때문이다. 그래도 밥상에 나물무침 한 가지가 오르면 꽤 신경 쓴 차림 같아 뿌듯하다.

나물을 대상으로 허무 지수를 매긴다면 냉이는 상급에 속한다. 흙 속에 깊게 박혔던 긴 뿌리를 손질하려면 하나하나 정성을 들여야 하기 때문이다. 그러니 시간도 무척 오래 걸린다. 그래도 오늘은 냉이 한 뿌리 한 뿌리 정성껏 다듬고 소금물에 데친 후 무쳤다. 제법 시간을 들여 손질했지만 딱 한 번 먹을 분량이었다.

나물, 특히 봄나물을 무칠 땐 가급적 마늘을 사용하지 않는다. 쓰더라도 아주 조금만 쓴다. 마늘의 강한 향이 나물 나름의 향과 맛을 방해하기 때문이다. 그리고 양념도 최소로 한다. 우리 집 반찬은 양념이라야 간장과 된장이 다 이긴 하지만 말이다. 오늘 냉이무침은 파의 흰 부분을 곱게 다지고 약간의 간장으로 냉이에 간을 입히고 된장으로 무친 후 들기름을 조금 넣어 마무리했다. 깨소금을 뿌렸는데, 뿌리지 말았어야 했다. 봄나물은 향이 강한 참기름 대신 들기름을 사용하고 마늘을 조금 아껴 사용한다. 그러면 마늘 뒤에 숨어 있던 나물 향이 짜잔! 정체를 밝힌다.

봄이다. 시금치가 물러난 자리에 냉이, 두릅, 엄나무 순, 머위, 명이 등 헤아릴 수 없이 다양한 나물이 등장한다. 양껏 많이 자주 먹어야겠다.

급하게 차린 채식 손님상
3월 7일

오전 11시에 손님이 오시기로 했다. 뭘 내어 드려야 하나 잠깐 고민하다 지방에서 이 시간에 오려면 아침을 드시지 않았을 것이고 점심이 걸린 시간이라 간단히 요깃거리를 준비했다. 파스타를 할까 생각했는데 올리브유가 똑 떨어져 할 수 없었다. 손님이 젊고 채소 농사를 짓는 분임을 감안하여 비건으로 준비하기로 했다. 동네 김밥집에서 비건 김밥을, 빵집에서 바게트를 사서 만들어둔 당근 라페와 냉이무침 그리고 나박김치와 같이 냈다.

오늘 오신 손님은 충남 홍성에서 채소 농사를 짓는 '채소생활'의 이윤선 씨. 내가 채소생활을 알게 된 것은 3년 전 인스타그램을 통해서였다. 평소 인스타그램에서 다양한 식재료를 찾았는데 채소생활은 낯선 채소를 무척 이쁘게 사진 찍어 올려서 호감을 갖게 되었다. 그러던 중 대학로에서 열린 농부 시장 '마르쉐'에서 채소를 팔고 있는 채소생활을 만났고, 이때 채소 한 봉지를 산 후 팬이 되었다. 채소생활은 보통 농부들처럼 한두 가지 작물을 집중적으로 기르지 않고 계절에 따라 다양한 채소를 길러 제철 채소가 식탁에 오를 수 있도록 한다. 나는 채소생활을 통해 새로운 채소를 많이 만났다.

우리는 채소와 제철 식재료 그리고 채식에 대한 이야기를 나눴고 이 이야기는 대선 후보들의 정책에까지 미쳤다. 우린 군대나 학교 급식에서 채식 선택권이 보장되어야 한다는 데 의견을 모았다.

스물일곱 살의 베이글
3월 11일

남편 책『부부가 둘 다 놀고 있습니다』의 드라마 각본 작업을 하시는 작가님이 1인 출판에 대해 물을 것이 있다며 방문하셨다. 점심시간 즈음이라 파스타를 간단히 준비했다. 작가님은 번거로우니 나가서 먹자고 했지만 오미크론도 무섭고 하여 집에서 식사를 하고 이야기를 나눴다.

오시면서 뭘 사 오겠다 하기에 딱 드실 만큼의 디저트를 부탁했더니 요즘 가장 핫한 곳 중 하나인 베이글 카페에서 베이글을 사 오셨다. 매번 그 집 앞을 지나며 긴 줄에 엄두도 내지 못했는데 그것을 사 오신 거다. 파스타를 양껏 먹었는데도 베이글을 먹을 수 있다는 게 놀라웠다.

1997년 2월에 베이글을 처음 먹었다. 당시 설 연휴 동안 짧은 일정으로 미국 샌프란시스코에 갔다. 비즈니스호텔에서 머물렀는데 그곳의 아침 메뉴는 베이글과 토스트, 커피와 몇 가지 과일과 삶은 달걀이 전부였다. 바로 그곳에서 베이글을 처음 맛보았다. 도넛처럼 생겼는데 살짝 딱딱해 보였고 아무 맛도 없을 것 같아 선뜻 손이 가지 않았는데 당시 나와 여행 일정을 맞춘 미국에 사는 친구가 베이글을 살짝 구워 크림치즈를 발라 먹으면 끝내준다고 일러줬다. 친구가 시키는 대로 먹었고 매일 아침 베이글을 신나게 먹었다. 당시 우리나라에는 베이글이 그다지 흔하지 않았던 것 같다. 이후론 스타벅스에서 종종 먹었는데 최근 몇 년 새 베이글 전문점이 많이 생겼다.

블루베리가 들어간 베이글은 기본 중 기본. 정말 다양한 재료를 혼합하여 만들고 반을 갈라 샌드위치로 만들 땐 재료를 풍성하게 넣는다. 그럼에도 내가 가장 좋아하는 것은 플레인 베이글에 크림치즈를 넉넉히 바른 것이다. 이 베이글을 한 입 베어 물면 스물일곱의 나로 돌아간 것 같은 기분을 삼시 느낀다. 그때의 나는 제법 이뻤디.

이른 봄엔 도다리쑥국
3월 15일

두 끼를 모두 누군가의 정성으로 먹었다. 봄, 이때 잠깐 먹을 수 있는 도다리쑥국도 먹었다. 봄 도다리쑥국엔 다른 양념 없이 된장만 풀어도 훌륭한 맛을 낸다. 역시 좋은 식재료엔 별도의 조미료가 필요 없다. 그것은 진리다. 도다리는 봄에 살이 오르고 냄새가 나지 않아 요리도 쉬운 편이다.

도다리쑥국

국물은 무만으로 깔끔하게 낸다.

1. 무는 나박나박 썰고 된장을 풀어 도다리와 같이 넣고 끓인다.
2. 무와 도다리가 익으면 어슷 썬 파와 손질한 쑥을 넣고 한소끔 끓인다.
3. 부족한 간을 간장으로 맞추고 취향에 따라 청양고추를 넣는다. 마늘은 굳이 넣지 않아도 된다.

논현동 '진동둔횟집'에서 올해의 도다리쑥국을 처음 먹었다.

춘분

추운 겨울을 이겨내고 나온
봄나물처럼

춘분, 이제 몸은 쌈 채소를 먹어도 좋다 하네

3월 21일

춘분이다. 동지 지날 즈음부터 쌈 채소가 잘 안 먹혔는데 춘분이 되니 신기하게 쌈 채소가 먹고 싶어진다. 몸이 이제 생채소를 먹어도 괜찮은 계절이라 말하는 것 같다.

오늘은 두 번 밥하고 상은 다섯 개를 차렸다. 첫 끼는 남편과 나, 두 번째는 남편과 나 퇴근한 혜민 씨를 위해서.

첫 끼니는 건더기가 없는 시금치된장국에 두부를 날려 썰어 넣었고 묵나물을 볶았다.

저녁엔 김치밥을 했다. 좋아하는 시인이 공유한 유튜브 영상을 보고 나도 무척 김치밥이 먹고 싶어졌다. 김치밥은 집에 김치만 있으면 준비 끝이다.

김치밥(2인분 기준)

재료: 잘 익은 김치 1/4포기, 쌀 1컵, 들기름 1큰술, 간장 1작은술

1. 쌀은 씻어 불린다.
2. 김치는 송송 썰어 김치 국물을 꾹 짠다.
3. 불린 쌀을 솥에 담고 김치를 얹은 후 들기름과 간장을 넣고 잘 섞는다.

4. 물 1컵을 붓고 백미와 같은 방법으로 밥을 짓는다.

이렇게 간을 하면 특별히 반찬이 필요 없다. 오늘은 여기에 생선알을 넣어 비벼 먹었다.

미역으로 후리가케를 만들다

3월 22일

평소보다 이른 시간에 아침상을 차렸다. 남편이 일하러 나갈 땐 가급적 식사를 차려 주려 한다. 그래야 힘이 날 것이라는 아주 옛날 생각을 가지고 있기 때문이다. 남편에겐 밥을 차려 주었지만 난 먹지 않았다. 코로나19 확진 초기에 폭발하던 식욕이 이제 평상시로 돌아오고 있다는 증거다. 다행이다. 코로나19에 걸려 외식도 못 하고 술도 못 마시는 나날이 계속되며 나는 매우 바른 생활을 하고 있다. 이런 추세로 조금 더 긴 시간을 보내면 무척 건강해질 것 같다.

오후엔 '쌔비 테이블'에서 판매할 미역 샘플이 도착했다. 미역이 도착하자마자 테스트를 위해 국을 끓이고 튀김도 했다. 자른 미역이라 편리한데 맛도 좋았다.

미역 후리가케

1. 잘게 자른 건미역을 올리브유에 튀기듯 볶는다.
2. 바삭하게 익은 미역 튀김을 밥 위에 얹어 먹는다. 끝!

봄 손님에겐 봄나물로 밥상을 차려낸다
3월 24일

우리 한옥을 만들어주신 임정희 목수님은 일 년에 한 차례씩 집을 점검해 주신다. 올해도 몇 가지 자잘한 나의 요청을 확인하고 해결해 주려 오신다고 해서 식사를 같이 하자 했다. 고기를 좋아하시는 분이라 잠깐 고민을 했지만 우리 집 규칙에 따르기로 했다. 우리 집 규칙은 '집에서 고기 요리를 먹지 않는다.'이다. 나물을 무치고 생선을 굽고 매생이굴국을 끓이고 시래기밥과 달래장을 하기로 했다. 나물 손질에 많은 시간이 걸렸다.

평소 시간 약속을 잘 지키시는 분이라 점심시간 맞춰 부산을 떨었다. 그런데 아뿔싸! 약속 시간이 다 되어 20분쯤 늦으실 것 같단 연락이 왔다. 현재 작업 중인 주택의 설계사가 갑자기 방문했다는 것이다.

난 하필 시간 딱 맞춰 따듯할 때 먹어야 하는 음식, 그것도 데우면 음식 맛이 확 떨어지는 메뉴를 준비했다. 생선구이, 시래기밥, 거기에 매생이굴국. 그나마 아직 매생이를 넣지 않아 다행이라고 여기며 늦는다는 시간에 맞춰 매생이를 넣었다. 목수님은 약속했던 시간보다 한 시간 정도 늦게 도착해 어쩔 줄 몰라하셨다. 미안함 때문인지 목수님은 다소 식었지만 식사를 맛있게 하셨다. 시래기밥에 달래장을 넣어 쓱쓱 비벼 드셨다.

잘 차려내는 곳의 음식을 먹어봐야 한다
3월 25일

한식을 폼 나게 차려내는 일은 정말 어렵다. 시간을 두고 순차적으로 내는 것도 쉽지 않다. 우리네 상차림은 밥과 반찬을 한 상에 함께 차려내기 때문이다. 게다가 대부분의 음식을 평평한 접시에 내는 서양 요리에 비해 오목한 대접이나 공기 등 다양한 그릇을 선택하고 그 그릇과 음식의 조화까지 고려해 차려야 한다. 이게 쉽지 않다. 내 짧고 많지 않은 경험으로 한식을 멋지게 내는 곳은 단연 권우중 요리사가 운영하는 '권숙수'였다. 가격과 맛에선 조희숙 요리사가 진두지휘한 '한식공간'도 좋았는데 지금은 문을 닫아 아쉽다.

갑자기 음식점 얘기를 왜 하는가? 예기치 않게 좋은

식사 자리에 가게 되었기 때문이다. 늘 내게 뭔가를 선물하시는 지인께서 일이 생겨 본인이 예약한 식사 자리에 갈 수 없게 되었다며 내게 가줄 것을 권해 거절하지 않았다. 그곳은 좋은 식재료로 보기 좋고 편안하게 음식을 해서 내시는 최정은 대표의 '비덕살롱'이다.

최정은 대표는 여러 가지 의미 있는 일을 하시는데 내겐 음식과 관련된 일이 가장 눈에 띄고 닮고 싶은 부분이다. 비덕살롱은 그의 개인 작업 공간으로의 부엌이다. 이 부엌에 사람들이 모여 그가 해주는 음식을 먹으며 자연스럽게 연결된다.

비덕살롱에 들어가니 개인 쟁반에 수저와 따듯한 차가 놓여 있다. 안내된 자리에 앉아 사람들이 모두 오길 기다려 최정은 대표의 인사말을 간단히 듣고 식사가 진행되었다. 딸기 드레싱을 얹은 샐러드, 연근을 다양하게 재해석한 연근 멘보샤와 연근 미나리전, 떡갈비(내겐 떡갈비를 안 주셔도 좋다고 하니 내 식성을 알고 템페를 준비해 뒀다고 하셨다), 머위순을 얹은 현미밥과 쑥된장국, 미나리 사과 김치 그리고 후식으로 직접 만든 금귤 정과와 과일이 나왔다.

최정은 대표의 방식으로 한식을 코스화하여 해석하고 음식엔 온기와 계절을 담았다. 특히 직접 만드셨다는 금귤 정과는 시트러스 계열의 과일이 주는 산뜻함과 당도가 디저트로의 역할을 완벽하게 했다. 모양도 몹시 이뻤다. 한식은 채소를 어떻게 쓰느냐에 따라 천양지차다. 오늘 밥상에 오른 채소는 미나리, 쑥, 연근, 머위 등 우리 상에 자주 오르는 식재료였다. 이 평범하기 그지없는 채소를 김치로, 튀김으로, 부침으로, 밥으로 만들어낸 그의 솜씨에 절로 감탄이 나와 비덕살롱을 나설 때 절로 인사를 깊이 하게 되었다.

　　집밥을 열심히 폼 나게 해 먹기 위해선 역시 제대로 멋지게 음식을 해내는 곳을 경험해야 한다.

토요일의 루콜라 페스토 파스타

3월 26일

로사 선생님의 레시피로 루콜라, 피스타치오, 올리브유, 파르메산 치즈를 다져 섞어 잘 삶은 면과 비벼 루콜라 페스토 파스타를 만들었다. 우리 집 식구들은 모두 파스타를 좋아한다. '징광옹기'의 접시는 파스타를 담기에 정말 잘 어울리고 홍성 장영윤 농부님의 와일드 루콜라는 참 좋다.

루콜라 페스토 파스타(2인분 기준)

재료: 파스타 면 200그램, 루콜라 50그램, 피스타치오 약간, 올리브유 4큰술, 파르메산 치즈 30그램, 소금 약간

1. 루콜라와 피스타치오는 다진다.
2. 1에 올리브유, 파르메산 치즈를 섞고 소금으로 간한다(이러면 루콜라 페스토).
3. 2에 삶은 파스타 면을 넣고 비빈다. 끝!

미역이 최선을 다한 밥상
3월 28일

고기를 끊고 좀 더 자주 선택하게 된 식재료가 있다면 그중 하나가 미역일 것이다. 오늘은 염장 미역을 크게 두 움큼 꺼내 무침과 국을 했다. 염장 미역도 생미역이라 얼마 불지 않을 줄 알았는데 아니었다. 공부 효과든 일한 대가든 뭐든 이렇게 잘 불어나면 좋으련만 그런 것은 원치 않는 살과 미역과 말린 나물밖에 없는 것 같다.

염장 미역 무침

재료: 염장 미역 1움큼, 오이 1개

양념 재료: 간장 1.5큰술, 식초 1.5큰술, 매실액 1큰술

대파 흰 부분 1/2대, 마늘 2쪽, 청양고추 1개

1. 미역은 찬물에 10분 이상 담가 소금기를 빼고 박박 문질러 씻은 후 먹기 좋게 썬다.

2. 오이는 채 썰고 파, 마늘, 고추도 다지거나 잘게 썬다.

3. 양념 재료를 섞어 오이와 미역과 함께 무친다. 취향에 따라 참기름을 넣기도 하나 식초와 참기름은 가급적 만나지 않는 게 좋다. 대신 깨를 부숴 넣는다. 우리 부부는 시고 단 음식을 잘 못 먹기에 초장보다는 간장이나 된장 무침을 선호한다.

통영 섬 영화제와 도시락
3월 31일

갑작스럽게 경남 통영에 왔다. 제철음식학교 서울교실 수강생이며 친구가 되어가는 중인 최정희 선생님께서 일찌감치 예약해 둔 영화제 일정인데 최근에 무릎을 다치셔서 올 수 없게 되며 내가 대신 온 것이다. 숙소도 예약해 두고 통영에서 뵐 분까지 섭외를 해두신 상황이라 우리 부부는 그저 누리기만 한 하루였다.

영화제라고는 하지만 소박하게 진행되어서 정식 극장이 아닌 농원의 비닐하우스 찻집, 작은 운동장 등에서 진행된다고 한다. 매번 영화 상영을 위한 세팅을 새롭게 하고 분

위기에 맞는 작은 이벤트도 연다. 오늘은 통영의 아름다운 개인 농원(8대가 이어 산 곳으로 60여 년간 자연 정원으로 가꿈)인 '해솔찬농원'에서 진행되며 작은 마켓도 열렸다. 나는 지역 농부들이 내놓은 소박한 농산물을 구매했다. 주로 여성 농부분들로 욕지도에서 농사를 짓고 이 농산물을 가공하여 판매도 하신단다. 가시오가피순, 땅두릅 차, 딸기, 고구마 쿠키 등을 샀다.

　　무엇보다 인상 깊었던 것은 이분들이 스태프들을 위해 준비한 도시락이다. 완두콩을 올린 잡곡밥, 진한 시래기 된장국, 머위나물, 파김치, 고사리나물, 달걀프라이 등의 정성 어린 반찬으로 싼 도시락은 정말 맛도 모양도 좋았다. 우리는 이 도시락을 받아 들고 정원의 평상에 앉아 먹었다. 다소 찬 날씨였지만 소풍 나온 듯 기분이 좋았다. 역시 축제에 음식이 빠지면 안 되고 소박하지만 정성스러운 도시락은 영화제의 화룡정점이었다.

나에게도 밥해 줄 사람이 있으면 좋겠다
4월 3일

냉장고에 채소가 그득한데 요즘 정말 음식 하기가 너무 싫다. 모두 귀찮다. 누가 내게 밥을 해주면 좋겠다. 동네 밥집 사장님 말고.

귀찮아? 그럼 비벼

4월 8일

반찬 만들기도 싫고 하여 채소 잔뜩 넣고 비빔밥을 했다. 거
친 채소는 데쳐서 넣으니 채소를 훨씬 더 많이 먹을 수 있
다. 고추장은 별로라 달래 간장으로 비볐다. 뭔가 살짝 어린
이 맛도 필요해 자른 미역과 셀러리를 올리브유에 볶아 넣
고, 날치알도 얹었다. 남편도 나도 맛있다 감탄하며 먹었다.
이렇게도 먹는 것이다.

한 주먹도 안 되는 홑잎나물을 먹으려
4월 11일

일요일 하루 누워 있는 동안 봄이 저만치 달아났다. 벚꽃과 진달래는 지고 화살나무 새순이 훌쩍 자랐다. 홑잎나물 맛을 보고 봄 시작에 한 번은 이 나물을 먹어야겠다 생각하고 골목에 화단을 꾸밀 때 주저하지 않고 화살나무를 심었다. 새순은 여리고 곱고 가을 단풍도 곱다. 어떤 환경에서나 잘 자라 울타리 삼아 심기도 한다.

화살나무를 심을 땐 나의 식생활이 이랬으면 좋겠다는 생각도 했다. 자급자족을 할 수는 없지만 자연의 순리에 따라 제철에 나는 음식을 너무 과하게 쌓아두지 않고 내 먹을 만큼만 갖고 먹기를…. 그런데 이게 생각처럼 쉽지 않다. 남들이 먹으면 그 음식을 탐내고 냉장고엔 언제나 우리 부부가 먹을 수 있는 양보다 많이 있다. 이것도 낭비라는 생각이다. 게다가 요즘은 내가 가진 것을 누군가와 나누는 일도 쉽지 않다. 특히 음식은 흔해서 나눠 먹겠다는 내 마음이 쑥스러운 경우도 종종 생긴다.

일 년에 한 번, 딱 한 번 먹을 만큼 홑잎나물을 뜯었다. 홑잎나물의 맛은 특별하지 않다. 연한 초록 식물이 갖는 약간 쌉쌀한 맛과 식물 특유의 비린 맛이다. 매우 부드러운 잎을 혀 위에 한 장 올리고 천천히 그 맛을 보면 게으른 생각이 들기도 한다. 오늘 딴 홑잎나물은 국수에 얹어 먹었다.

좋아하는 봄나물 중 머위나물도 있다. 쓴맛이 많이 나는 머위는 초봄부터 나오기 시작한다. 데쳐서 별 양념 없이 들기름과 된장만 넣고 힘껏 무친다. 그 쌉쌀한 맛이 나른했던 몸까지 반듯하게 세워주는 것 같다. 올해 첫 머위는 진주가 전북 김제에서 사서 들고 온 것이었다. 결혼해 김제에서 살게 된 진주가 동네에서 사 온 머위는 서울 마트의 단정한 머위보다 거칠고 순박했다. 맛도 더 쌉쌀해 아주 좋았다.

봄엔 봄나물을 많이 먹어야 한다. 단, 홑잎나물을 먹겠다고 아파트 화단이나 거리 조경수로 심은 화살나무의 잎을 따선 안 된다.

봄의 맛과 향, 쑥국
4월 13일

밥상 초보자에게 쑥국은 맛있게 끓이기 어려운 음식이다.
쑥의 풍미를 살리기가 쉽지 않기 때문이다. 핵심은 날콩가
루다. 손질해 씻어 물기를 뺀 쑥에 날콩가루를 살짝 입힌다.
지역에 따라서는 들깻가루를 묻히기도 한다. 취향에 맞는
재료로 우려낸 국물에 된장을 풀고 그 국물이 조심스럽게
끓기 시작해 보글보글 소리를 내면 날콩가루를 입힌 쑥을

넣고 중불로 뭉근하게 끓인다.

오늘 나는 날콩가루가 없어 쌀가루를 조금 입혀 끓였다. 국이 살짝 되직해졌지만 맛있었다.

쑥국(2인분, 국물 1.2리터 기준)

재료: 쑥 한 줌 , 다시마 1쪽, 건표고버섯 2개, 된장 1.5큰술, 날콩가루 약간

1. 물에 다시마, 건표고버섯, 된장을 넣고 끓인다.

2. 국물이 약하게 보글보글 끓기 시작하면 손질한 쑥에 날콩가루를 살짝 입혀 넣고 중불로 줄여 한소끔 끓여낸다. 취향에 따라 대파, 마늘을 추가해도 좋지만 생략하는 게 쑥 향을 느끼기에 좋다.

점심 약속이 있는데도 쑥 향이 너무 좋아 남편 밥 차려 주며 나도 국에 한 숟가락 말아 먹었다. 그 계절에 꼭 맛보아야 하는 음식엔 그만한 이유가 있는데 무엇보다 감각을 살아나게 하는 힘이다. 쑥이나 머위 그리고 각종 나물이 내겐 그런 계절 음식이다.

공부를 놓지 않는 사람의 밥상
4월 14일

매주 목, 금요일 점심과 저녁에 딱 한 팀만 예약 받아 밥상을 차려 주는 '공간 사부작'에 한 달 전 예약을 했다. 광흥창역에서 홍대 넘어가는 길목에 위치한 작은 스튜디오이자 음식점으로 이영민 대표의 음식 학습소이며 실험실이다. 건물유리벽엔 〈농가월령가〉가 적혔고 토종 벼 나락이 걸렸다. 이번 달 주제는 나물이었다.

세미 씨와 남편과 셋이 갔다. 음식이 나오기 전에 이영민 대표는 나물에 대해 이야기해 주셨다. 허브나 채소라는 말로 나물, namul을 대치하기 어렵다며 이야기를 시작했다. 추운 겨울을 이겨내고 땅을 박차고 나온 나물은 그만큼의 에너지를 품은 식물이다. 이런 그의 이야기를 들으며 진행된 식사는 정말 좋았다.

쑥갓과 생고사리로 만든 샐러드, 두릅전, 원추리, 산마늘, 머위 등의 나물무침, 눈개승마 두부조림 그리고 홀잎나물 솥밥까지 모든 음식은 소금과 간장만으로 맛을 낸, 빼기의 조리법을 적용해 나물이 가진 각각의 풍미를 최대한 살렸다. 이영민 대표의 끊임없는 공부와 연구로 만들어낸 결과를 편하게 먹었다.

이야기 도중 이 대표는 내게 혹시 음식과 관련한 비즈니스를 할 예정이냐 물었다. 종종 듣는 질문이다. 나는 단호하게 '아니오'라고 답했다. 그저 나와 남편 그리고 친구들이 같이 먹고 즐기는 수준으로 만족한다. 그럼에도 배우는 이유는 배우지 않으면 이마저도 못하기 때문이다. 그저 좋아하는 사람들이 장을 담가 먹고 김치 담그는 법을 알아 같이 건강하게 잘 먹고 잘 살기를 바란다.

토마토와 명란으로 만든 솥밥
4월 17일

반찬 없을 땐 이것저것 넣어 솥밥을 하는 게 최고다. 오늘은 토마토 명란 솥밥.

　꼭지 딴 토마토는 처음부터 넣고, 명란과 송송 썬 마늘대는 뜸 들일 때 넣었다. 명란 넣을 때 생강술 1큰술도 넣었다. 솥밥의 킥은 밥이 다 되었을 때 마지막에 불을 세게 올려 남은 물기를 날리는 것이다. 난 재료가 밥과 어우러지도록 섞을 때 불을 세게 올린다(30초에서 1분 정도).

　오늘 솥밥은 성공적이었다.

쓴맛의 이모저모
4월 18일

윗동네 살 때 가까운 곳에 있던 게스트하우스 '파란대문집'
을 운영하는 정옥 씨가 "어머니께서 주말에 나물을 많이 채
취하셨다."며 그 나물을 나눠 주었다. 그중 머위는 데쳐서
무치고 일부는 쌈으로 먹었다. 머위는 봄의 대표 쓴맛이다.
머위의 쓴맛이 입안에 퍼지면 몸은 봄기운을 더 강렬하게
느낀다. 봄의 화사함과 쓴맛이 만나 내 입맛은 더 섬세해진
다. 짭짤한 젓갈을 머위에 싸 먹었다. 쓴맛은 짠맛을 만나 부
드러워졌다. 고기만 쌈을 싸 먹으란 법은 없다. 젓갈도 밥도
채소도 모두 쌈으로 싸서 먹을 수 있다. 채소를 채소로 쌈
싸 먹는 맛도 특별하다.

　　요즘은 삶도 쓰다. 써도 괜찮다. 단맛엔 중독이 있어도

쓴맛에 중독이 있단 소린 못 들었다. 그러니 내 삶이 쓴맛에
중독될 리는 없다.

같이 놀아야 재미있다, 밥도 그렇다
4월 19일

몇 해 전에 알게 된 참죽나물. 참죽나무의 어린잎으로, 경상
도에서는 '가죽나물'로도 부른다. 두릅처럼 나무의 어린잎
을 나물로 먹을 수 있다. 나무가 주로 남쪽 지역에서 자라

남쪽 지역에서 먹던 나물이었지만 지금은 전국 어디서나 구입할 수 있다. 나무의 키가 커서 따기가 어렵고 아주 짧은 기간 동안만 수확할 수 있어 비싼 편이다. 올해도 예년처럼 경남 군위의 농부님께 1킬로그램을 4만 원에 구매했고 오늘 처음 받았다.

참죽나물은 특히 부침으로 먹으면 별미다. 밀가루 반죽(밀가루 1 : 물 1)에 간장을 조금 넣고 여기에 참죽나물을 넣었다 빼서 부친다. 참죽나물은 향과 맛이 독특하다. 다른 나물에 비해 고소한 맛이 강하고 씹으면 고기 맛이 난다. 부침으로, 장아찌로, 김치로 조리하는데 이 중 싱싱한 가죽 나물을 부침으로 먹는 것을 좋아한다. 그리고 모름지기 부침은 여럿이 먹어야 제격이다.

오후에 올해로 2년째 장을 담그는 세미 씨의 장 가르기를 도우러 갔다. 메주 두 장으로 담근 장에서 간장이 제법 많이 나왔다. 장을 가르고 커피를 마시다 코로나19 이후 밥하기가 너무 귀찮다는 그의 말을 듣고 같이 밥을 먹자고 꼬셨다. 같이 장을 가른 정옥 씨는 밥 먹기 위해 내려왔다 다시 십으토 올라기는 게 죽기보다 싫은 표정이었지만 내가 고집을 부려 같이 우리 집으로 왔다. 나 역시 요즘 밥하기가 너무 싫은데 여럿이 같이 먹을 생각을 하니 기운이 나고 기분이 좋았다.

정옥 씨 엄마가 채취하신 두릅으로 솥밥을 짓고, 머위는 쌈으로 먹고, 엄나물은 무쳤다. 마침 참죽나물이 도착해 테이블에 가스 버너를 올리고 부침을 했다. 정옥 씨도 세미 씨도 참죽나물이 맛있다며 잘 먹었다. 남편까지 넷이 5인분의 밥을 신나게 먹었다.

소행성의 장 가르기
4월 20일

장을 담그면 밥상에 혁명이 일어난다.

오늘은 우리 집 장 가르기를 했다. 올해 장은 2월 22일에 담갔다. 음력 정월에 장을 담그면, 장 담그고 대략 60일 전후로 가른다. 가른다는 것은 소금물에 담겼던 메주를 꺼내 남은 물은 간장으로, 꺼낸 메주는 부숴 된장으로 분리하는 것이다. 그러니 누군가 "장을 담근다."고 하면 간장과 된장을 담근다고 이해하면 된다. 간장과 된장은 한 항아리에서 출생하기 때문이다.

장이 가져오는 밥상의 혁명은 간장 맛을 아는 데 있다. 좋은 간장 맛을 알게 되면 각종 화학 조미료를 자연스럽게 덜 사용하게 된다. 어디 그뿐인가? 자신만의 맛이 생긴다. 이를테면 나는 이제 웬만한 음식점의 된장찌개나 나물무침을 먹고 싶어 하지 않는다. 내 장으로 만든 음식이 충분히 맛있기 때문이다. 간장, 된장을 사 먹고 버리는 쓰레기 배출도 줄어든다. 무엇보다 발효된 시간에 따라 변하는 장맛을 알게 되는 것도 즐겁다.

　　나는 아끼고 귀하게 여기는 분에게 내가 만든 장을 선물한다. 받으시는 분은 어떨지 모르겠지만 내가 드리는 최고의 선물이다. 내 혁명이 그에게 닿길 바라는 마음이기도 하다.

마당 파티의 계절
4월 24일

마당의 계절이다. 춥지 않고 모기가 나오기 전 바로 요맘때. 올봄 마당 시즌이 열렸다. 약속이 생기면 메뉴를 짠다. 우리 집에서 고기를 먹지 않는 것은 손님에게도 적용된다.

　메뉴는 민들레 겉절이, 참죽나물전, 장어구이, 바지락 술찜 그리고 김치밥이다. 한식으로 손님상 차리기는 생각보다 어렵다. 고기를 빼고 메뉴를 짜자면 그 어려움은 배가 된다. 고기를 뺀 음식으로, 오신 손님도 잘 먹었다는 생각을 갖게 하기가 쉬운 일이 아니다. 그래서 종종 선택하는 게 장어나 문어다. 오늘도 경동시장에 가서 장어 2킬로그램과 바지락 1만 원어시를 샀다. 청량리 시장엔 봄나물과 채소가

지천이었다. 좋은 참죽나물은 고깃값만큼 비쌌다. 민들레는 거의 거저로 샀다.

나물을 손질하고 마당에 테이블을 펴고 파티를 준비했다. 준비는 힘들지만 같이 먹고 마시는 시간이 즐거워 손님 초대를 포기할 수 없다. 날씨까지 좋았다. 오늘은 나도 부엌에 서 있는 시간을 줄이기 위해 테이블에서 직접 음식을 하기로 했다. 손님이 나서서 전도 부치시고 장어도 구우셔서 내 일도 줄었다.

좋은 사람을 불러 마당에서 먹고 마시는 일을 포기하기는 정말 어렵다.

30년 된 간장의 맛

4월 29일

고은정 선생님께서 지리산에서 마켓을 여셨다. 이곳에서 판매하는 핵심 물건은 간장과 된장이다. 음식 활동가로 그가 살아온 시간 동안의 역사가 오늘 마켓에 나온 장으로 증명되었다. 3년, 5년, 10년 그리고 30년 된 간장을 소분하며 나는 그 확연한 차이를 눈으로 확인했다. 3년, 5년 된 간장은 우리 집에도 있어 크게 놀라지 않았지만 10년, 30년 된 간장은 그야말로 신세계였다.

색의 차이가 뚜렷하다. 하나씩 보면 다 같은 검은빛이지만 비교를 해보면 오래 묵은 장일수록 농도가 진하다. 투명한 유리병을 타고 내려올 때 보면 농도 차이를 확실히 느낄 수 있었다. 우리가 보통 '청장' 혹은 '국간장'이라 부르는 간장은 담근 지 1~2년 내외의 맑은 색의 농도가 연한 간장을 말하며, 그 이상 된 간장을 색이 진하다고 하여 '진간장'이라 부른다.

보관 햇수에 따라 당연히 맛의 차이도 뚜렷하다. 30년 된 간장은 짠맛 대신 당도와 산도가 올라왔고 초콜릿 녹인 것처럼 걸쭉했다. 이런 귀한 간장은 정말 아껴서 약처럼 먹을 수밖에 없을 것 같다. 고은정 선생님의 30년 된 간장은 내놓기가 무섭게 주인이 나타났다.

간장에 다양한 맛을 가미해 능이 간장, 맛간장, 어간장도 만들 수 있다. 이런 간장은 볶음 요리 등에 사용해 음식의 맛을 더 풍성하게 한다. 장의 세계는 알면 알수록 신기하다.

조금 쉽게 먹는 나물밥 그리고 양념장
5월 5일

평소 밥에 이것저것 넣어 먹는 것을 좋아한다. 이렇게 먹으면 반찬이 많이 필요 없기도 하고 밥이 요리가 되는 것 같아 기분도 좋다. 특히 잘 건조된 나물을 불려 쌀에 얹고 들기름과 간장을 넣어 밥을 하면 일품이다. 그런데 이렇게 먹으려면 나물을 일일이 말려야 하지 않나. 그런데 나 같은 사람이 많은 모양이다. 잘 말린 나물을 소포장하여 편하게 나물밥을 지어 먹을 수 있도록 한 상품이 있다.

봉지를 뜯어 쌀을 씻어 불리는 동안 나물도 불린다(이 과정 생략 가능). 불린 나물의 물기를 짠 뒤 불린 쌀에 얹어 보통 밥 짓듯 밥을 한다. 나는 들기름과 간장을 넣어 했다. 다 된 밥은 양념간장을 넣고 비벼 먹었다.

이런 밥엔 양념간장이 중요하다. 내 양념간장 만드는 방법은 언제나 간단하다. 간장 1 : 물 1에 다진 파, 깨소금 그리고 먹기 직전에 참기름, 그거면 된다.

입하

잘 담근 오이지로
여름을 무찌르자

잘 담근 오이지는 김장만큼 든든하다
5월 6일

요맘때엔 오이지를 담근다. 여러 방법이 있지만 가장 오래된 방법으로 담근다. 염도 15퍼센트로 뜨겁게 끓인 소금물을 오이에 붓고 2주 정도 햇볕이 안 드는 곳에 두어 익힌 후 냉장고에 두고 먹는다.

4박스, 총 200개의 오이가 왔다. 오이지를 담그려 소금을 사러 갔다가 소금값에 놀랐다. 마트 사장님은 소금값이 거의 두 배 올랐다고 하셨다.

오이지

재료: 오이 20개 기준으로 소금 500그램, 물 3.5리터

1. 오이는 마른행주로 닦아 물기를 없앤다.

2. 물에 소금을 넣고 끓인다.

3. 통에 1의 오이를 넣고 2의 끓인 소금물을 붓는다.

4. 오이가 물 위로 올라오지 않게 한 후 뚜껑을 닫아 햇볕이
   없는 곳에 보관한다. 2주 정도 지나면 먹기 좋게 익을 것
   이다.

가족이 식탁을 풍성하게 한다
5월 8일

단단한 가족 관계가 식탁을 풍성하게 한다는 생각이 들었다. 명절이 그렇고 각종 축하의 날이 그렇다. 나의 부모님은 돌아가셨고 남편에게는 아버님이 계시나 관계가 썩 좋지 않다. 그러니 우리 가족이라면 나와 남편, 조금 확대하자면 고양이 순자가 고작이다. 이 단출함이 때론 홀가분하기도 하지만 보통은 쓸쓸함을 배가시킨다.

가족들이 모이는 명절이나 어버이날에 각종 소셜 채널에 가장 많이 올라오는 사진은 풍성한 식탁과 주고받은 선물이다. 그런데 이런 날을 챙길 일도 없고 잘 챙기지도 않으니 우리 밥상에서 화려한 잔치 음식은 빠지기 마련이다. 가끔 내가 너무 아무것도 챙기지 않고 사는 것은 아닌가 하는 생각이 들기도 하고 그래서 기가 죽기도 한다. 내게 챙겨야 할 부모가 계셨다면 나는 과연 잘했을까?

아무튼 챙겨야 할 가족이 많으면 확실히 밥상은 푸짐해진다. 오늘 우리 부부는 아침엔 나물밥을 지어 먹었고 저녁엔 국수를 삶아 먹었다.

차리고, 차려준 밥을 먹은 하루

5월 9일

아침 준비를 막 시작했는데 가회동에 사는 지인에게 전화가 왔다. 자신의 집에서 같이 밥을 먹자는 제안이었다. 아침을 준비 중이었지만 나는 생각할 것도 없이 좋다고 답했다. 만약 남편 혼자 식사를 해야 한다면 약간 망설였겠지만 마침 임정희 목수님께서 우리 집 이것저것을 손봐주시겠다고 오셨고, 나는 목수님께 식사를 같이 하자고 제안한 상태였다. 그러니 내가 없어도 남편과 목수님은 사이좋게 식사를 같이 할 수 있는 상황이었다.

곤드레와 버섯을 듬뿍 넣어 밥을 짓고, 미역국을 끓이고, 엄나무순을 무치고, 두부를 지져서 상을 차렸다. 목수님은 별 반찬 없이 김치만 맛있어도 식사를 잘 드신다는 것을 알지만 그래도 손님에게 내기엔 약간 미안함이 드는 밥상이었다. 그러나 목수님은 밥에 양념간장을 넣고 비벼서 맛있게 드셨다.

두 사람이 밥을 먹는 것을 본 후, 집에서 간장을 조금 챙겨 유리병에 담고 꽃집 '이에나'에 들러 작은 꽃다발 두 개를 만들어 갔다. 누구 집에 방문할 때 빈손으로 가는 것은 속옷을 챙겨 입지 않은 것 같은 기분이 들어 가능하면 작아도 선물을 챙기는 편이다. 아니나 다를까 이 자리에 함께한 다른 손님께서도 선물을 나눔 하신다며 핸드크림과 프로폴리스 치약을 예쁘게 포장해 오셨다. 역시 나누는 것은 아름답다.

솥밥과 봄나물 샐러드, 산초 장아찌를 얹은 두부부침, 콩나물볶음으로 차린, 남길 것도 버릴 것도 없는 채식 밥상이 정말 좋았다. 그릇은 또 어찌나 이쁜지. 단정하고 기품 있는 지인의 살림법은 언제 들여다봐도 질리지 않는다. 넘치는 것보다 치장이 빠진 것이 뭐든 더 마음에 남는다.

두 어른과 사는 이야기를 나누는데 편안함을 느꼈다. 그 이유를 곰곰이 생각해 보니 어떤 이야기에도 가시가 없었다는 것을 뒤늦게 깨달았다. 점심을 먹고 커피와 차를 마시고 주신 선물까지 챙겨 받고 집을 나섰다. 역시 누군가 정성을 다해 차려준 밥상을 받는 일은 기쁘고 그 밥상은 내가 차린 것보다 훨씬 맛있다.

비건을 위한 보양식, 채개장
5월 13일

시작은 고사리였다. 요조 씨가 준 고사리를 먹고 싶었다. 고사리를 물에 불리고 삶고 다시 불렸다. 햇고사리라 그런지 정말 좋았다. 고사리를 먹는 가장 좋은 방법은 내겐 채개장이다. 육개장의 고기 대신 채소를 잔뜩 넣어 끓이는 채개장은 채식주의자에겐 보양식이다.

　채개장의 필수 채소는 고사리나 토란대인데 난 고사리를 더 좋아한다. 돈암시장에서 얼갈이 2,000원, 대파 2,000원, 느타리버섯 1,500원, 숙주 2,000원어치를 사서 고사리를 넉넉히 넣어 채개장을 끓였다. 방법도 간단하다. 이 채소들을 데쳐서 된장, 고추장, 고춧가루, 들깻가루, 들기름을 넣어 무친 뒤 국물 재료와 함께 넣고 푹푹 끓이면 된다. 고추기름을 넣으면 좋지만 자칫 너무 매워질 수 있어 난 넣지 않았다.

오늘 채개장을 내가 가진 가장 큰 솥에 끓였고 동네 비건 친구들과 나눠 먹을 것이다.

비건 채개장

재료: 고사리 혹은 토란대, 배추, 대파, 숙주, 느타리버섯

양념 재료: 된장 4 : 고추장 1, 들깻가루, 고춧가루, 들기름, 고추기름 약간

국물용 재료: 건표고버섯, 다시마, 무말랭이

1. 채소는 손질해 손가락 크기로 썰고 각각 데친다. (채소를 데치지 않아도 되지만 개인적 경험으로 데쳐서 양념 후 끓이는 게 부드럽고 뾰족한 맛이 없어 더 좋다.)

2. 데친 채소들은 물기를 꼭 짜고 양념 재료를 넣어 양념이 잘 스미도록 섞는다.

3. 2에 물을 붓고 다시마, 건표고버섯을 넣고 끓인다. 한소끔 끓어오르면 중불로 줄여 30분 정도 뭉근하게 끓인다.

질긴 나물을 볶을 때
5월 15일

고사리나 미역줄기 등 다소 질긴 나물이 있다. 그러나 이런 나물도 부드럽게 먹고 싶다. 당연하지 않은가!

일단 들기름에 볶는다. 간을 하고 물을 조금 넣는다. 그리고 팬의 뚜껑을 덮고 중불로 줄인다. 그렇게 수분에 의해 나물이 좀 부드러워지면서 익으면 팬의 뚜껑을 열고 간을 보고 불을 세게 올리고 물기를 날린다. 끝!

한식 좋아하는 외국인 친구를 위한 밥상
5월 17일

파우저 교수님이 다녀가셨다. 오시기 전에 뭘 드시고 싶은
지 여쭸다. 교수님은 백반이면 좋겠고 밥은 보리밥이나 잡
곡밥이었으면 좋겠다고 하셨다. 청국장도 잘 드시고 묵은
김치도 좋아하시는 미국 분이다.

보리밥과 시금치된장국, 잡채, 도토리묵 채소무침, 고
사리 나물과 장아찌, 머위대 나물, 취나물, 도라지생채, 미
역무침, 쌈장과 쌈 채소 그리고 스파클링 와인을 준비했다.

먼저 잡채와 도토리묵무침을 드리고 식사 상을 차렸
다. 역시 김장 김치를 잘 드셨다.

교수님과는 저자와 출판 기획자로 처음 만났지만 지금은 친구처럼 지낸다. 다방면에 조예가 깊고 여러 언어를 하시는 교수님과 나누는 이야기엔 경계가 없다. 한국과 미국 정치 이야기, 언어와 문화 이야기 그리고 음식 이야기까지. 음식이 있는 자리는 풍성하다.

버라이어티한 결혼기념일 하루

5월 25일

2013년 5월 25일에 결혼식을 올렸다. 이미 그 전해 8월부터 동거했고, 혼인 신고는 결혼한 해 2월 13일에 했다. 부부가 되는 절차 중 결혼식이 가장 나중에 치른 이벤트다. 결혼식은 흥겨웠고 우린 하와이로 신혼여행을 떠났다. 그리고 9년이 지난 오늘 하와이에 사는 레이첼을 서울서 만났다. 레이첼이 잠시 한국에 왔고 우린 오늘 잠깐 얼굴을 보았다. 우리의 허니문의 도시에서 온 레이첼을 결혼기념일에 서울서 만났다니 그것만으로도 좋았다.

우리 부부는 무척 분주하고 행복하고 즐겁고 다채로운 하루를 보냈다.

점심엔 평소 다니는 로사 선생님의 파스타 요리 수업에 남편과 같이 갔다. 남편은 열심히 메모를 하며 꼭 한 번 스스로 음식을 하겠다는 각오를 다지는 것처럼 보였다. 그러나 당연하게도 먹는 일에 더 집중하고 열심이었다. 결혼기념일의 점심으로 전혀 부족하지 않았다. 저녁엔 동네 단골집 '덴뿌라'에 갔다. 그곳에서 지인을 만나 충동적으로 우리 집으로 모셨고, 이들이 떠나고 다시 동네 친구를 만나 막걸리를 마시며 수다를 떨었다.

하루 동안 너무 많은 일이 있었고 그 일이 모두 즐거워서 우리 부부는 정말 행복한 하루였다고, 우린 참 즐겁게 산다고 뿌듯해하며 결혼기념일 하루를 마쳤다.

작은 마당에 넘치는 동네 친구들
5월 27일

결혼 후 우리가 만난 날과 남편 생일 그리고 결혼기념일이 포함된 주엔 둘이 여행을 했지만 코로나19 이후 이 일이 쉽지 않았다. 게다가 2년 전 이 집으로 이사를 오게 된 때도 마침 5월이어서 하는 일 없이도 마음이 분주했다. 올해도 마찬가지였다. 올해는 뭔가 조금 특별한 이벤트가 있었으면 했다. 그래서 열흘쯤 전에 부랴부랴 생각을 해냈다. 집 가까이 사는 친구들을 불러 가볍게 오픈 하우스를 하자고. 친구들에게 초대장을 보내고 평소 초대해 달라고 애원을 했던 몇 분에게도 초대장을 보냈다.

오후 1시 성북동에 사시는 성화숙 선생께서 첫 테이프

를 끊고, 4시엔 동네 친구 커플, 권은중 작가와 한국 여행 중인 이탈리아인 프란체스카, 남편의 이메일 친구 유주 씨, 양익준 감독이 왔다. 모두 보리밥에 열무김치 그리고 뽀글이장을 얹어 낸 밥을 맛있게 먹어줬다. 저마다 선물을 들고 와서 이 또한 좋았다.

저녁 6시가 되면서 세미 씨, 대영 씨, 조나단이 왔고 이어 동현 씨, 김형찬 원장님, 정옥 씨, 은빈 씨도 와줬다. 혜민 씨도 일찍 퇴근해 합류했다. 별 음식 없이 와인을 주거니 받거니 하며 나라를 넘나들고 문화를 넘나들고 세대와 국경을 초월한 이야기가 풍성한 시간이었다.

이 자리를 만든 이유는 하나. '동네 친구들과 더 돈독하게 지내기 위함'이었다. 그리고 이 목표는 달성된 것 같다. 종종 이런 자리를 만들어야겠다.

메밀면 끊어지지 않게 잘 삶기
5월 28일

모든 면 음식을 좋아한다. 그중 메밀면은 나이가 들면서 점점 더 좋아지는 음식이다. 평양냉면 마니아들처럼 맛을 보고 메밀 몇 퍼센트가 들어갔는지까지는 알지 못해도 그저 좋다. 약간 쌉쌀하고 고소하고 툭툭 잘 끊기는 것도 좋다. 그런데 이 잘 끊어지는 특성 때문에 메밀면은 잘 삶아야 한다. 매번 레시피를 보고 삶다 한번은 기억대로 삶았는데 망했다. 그래서 복기 차원으로 적는다.

메밀면 삶기

메밀면을 삶을 땐 물의 양을 넉넉히 잡아야 한다. 파스타도 다른 국수도 물 양이 넉넉한 게 좋다. 그래야 면을 넣었을 때 물의 온도가 확 떨어지지 않는다. 파스타나 국수 등은 대체로 100그램에 1리터를 잡으면 된다. 메밀면 삶을 때는 절대 휙휙 휘저으면 안 된다. 면이 붙지 않을 정도로만 살짝 젓는다. 메밀면은 다른 면보다 탄력이 적어 저으면 면이 끊어진다.

이제 본격적으로 삶는다. 물이 펄펄 끓으면 면을 살살 풀어 넣는다. 면을 넣고 다시 물이 끓으면 약불로 줄여 4~5분 정도 더 삶는다. 삶은 메밀면을 찬물에 넣고 면을 비비며 헹구면 끝!

음식점의 단정한 밥상과 나누는 기쁨
5월 30일

점심 약속이 있어 남편 밥을 서둘러 챙겼다. 보리밥을 지었
는데 너무 질게 되었다. 진밥 정말 싫은데 별수 없다. 진밥으
로 상을 차려주고 나는 외출해 상암동 '맛있는 밥상 차림'으
로 갔다.

맛있는 밥상 차림의 밥상은 참 단정하다. 비빔밥을 주
문했더니 맑은 콩나물국과 달걀찜 등 정성이 가득한 찬으로
구성된 한 상이 나왔다. 무엇보다 밥이 좋고 조미료 맛이 거
의 느껴지지 않았다. 당연히 먹은 뒤 속도 편했다.

식당에서 나와 『부부가 둘 다 놀고 있습니다』를 드라

마로 집필 중인 작가님의 작업실에 갔다. 작가 셋이 같이 작업 중인데 식사도 지어 먹는다기에 오이소박이와 열무김치를 가져다 드렸다. 드라마 작가들은 메인 작가와 함께 두어 명의 작가가 식사가 가능한 오피스텔 등에 모여 같이 작업을 한다. 당연히 식사를 직접 해 먹는 경우가 잦다고 한다. 현재 남편 책을 원작으로 드라마를 쓰는 이 작가님도 두 명의 작가와 함께 경기 일산의 오피스텔에서 작업을 한다. 이곳에 김치를 가져다드렸더니 너무 좋아해서 황송할 지경이었다. 음식을 하고 그 음식을 나눠 먹을 수 있다는 것이 이렇게 기쁜 일일 줄 몰랐다. 다음에 또 가져다드려야겠다.

인스타그램 속 내 밥상의 출처

6월 1일

밥상에 놓인 식재료의 원산지 혹은 생산자를 정리해 봤다.

완두콩밥은 충북 홍성 장영윤 농부님(@arine.st)의 완두콩, 이천미감(@migam_rice)의 고시히카리 쌀.

토마토 샐러드는 그래도팜(@farm_nevertheless)의 에어룸 토마토, 서촌 아워플래닛(@ourplaneat) 김태윤 요리사가 만든 비건 피시 소스, 이탈리아 토스카나 지방에서 재배 생산된 베제카 올리브유(@bezzeccaoil).

아스파라거스 볶음은 강원도 춘천 수수네 아스파라거스 농장(@susu_farm)의 아스파라거스.

내가 담근 오이소박이의 오이는 전북 장수에서 관행 농법으로 지은 것이고, 채소 겉절이는 준일 씨 어머니의 양평 텃밭에서 지은 것이다.

두 번째 끼니는 부산 면옥향천의 메밀국수 밀 키트로 차린 비빔 메밀국수다. 면옥향천은 자체의 메밀밭을 가지고 있으니 이 메밀면은 국내산이 확실하다.

위에 올린 허브들은 내 작은 화단에서 딴 고수, 바질, 방아, 시소다.

정리하고 보니 인스타그램이 없었으면 이런 맛난 밥상을 어떻게 차렸을까? 궁금하다. 내 밥상에 오른 식재료가 어디서 어떻게 오는지 알고 먹자.

6월엔 '무주산골영화제'에 가야 한다
6월 2일

전북 무주에선 매년 초여름에 영화제가 열린다. 바로 '무주 산골영화제'. 올해로 10년째다. 2회째부터 개막식 사회를 보는 김혜나 배우의 배려로 영화제에 왔다. 지금은 강원도 강릉에 사는 김혜나 배우는 지인의 소개로 인사를 나눈 후 우리가 성북동으로 이사를 와 동네 친구로 가까워졌다. 그 덕분에 무주라는 도시에 왔다.

무주는 남부터미널에서 시외버스를 타고 3시간이 채 걸리지 않는 비교적 가까운 곳에 있었다. 도착해서 찾은 것 은 역시 음식점. 관광 안내소에서 음식점을 물으니 음식점 이 많은 지역을 일러준다. 그런데 배가 너무 고픈 우리 부부는 지도 서비스에서 리뷰가 많고 가까운 음식점을 찾았다. 심지어 성공적이었다.

우리의 선택은 두부. 메뉴판에 쓰인 '두부 짜박이'란 단어를 보고 국물이 자박한 매콤한 찌개일 것이란 감이 왔다. 그리고 메뉴판 아래 작은 글씨로 쓰인 '김치는 직접 담급니다.'란 말이 무척 마음에 들었다. 두부 짜박이엔 고기가 들어간단다. 고기를 빼 달라니 맛이 좀 덜하겠지만 그렇게 해주시겠단다. 차려진 반찬은 어느 음식점에서나 볼 수 있는 평범한 구성이었다. 그래도 직접 담근 김치와 깍두기 맛은 달랐다.

남편은 술을 한 잔 마시고 싶은 눈치다. 소주 대신 이 동네의 막걸리 '천설주'를 주문했다. 막걸리 맛은 평범했다. 천마가 들었다지만 2퍼센트의 함유량으로 맛이 달라지진 않을 테니 당연했다. 찌개 맛도 평범했다. 그러나 조미료 맛이 강하지 않아 그것이 더 매력적이었다. 두부를 더 먹고 싶었던 우린 모두부도 하나 시켰다. 우리가 먹는 것을 물끄러미 보시던 옆 테이블의 아저씨가 조심스럽게 어디서 왔냐, 언제까지 있냐 물으시고 올라가기 전에 꼭 어죽을 맛보라 하셨다. 내일 메뉴로는 어죽 당첨이다.

반찬으로 가득 채운 한정식에 대한 생각
6월 4일

한정식이 음식점에 등장한 것은 그리 오래된 일은 아니다. 원래 우리 밥상은 1인용 차림이 중심이었다. 1인 1상을 받아 제 상에 오른 음식을 남 눈치 안 보고 모두 먹을 수 있는 그런 밥상이었다.

'한국향토문화전자대전'에 따르면 한정식이라는 요리는 일제 강점기에 요릿집에서 유래했으며 요릿집으로 전락한 궁중 음식이라는 설명을 곁들이고 있다. 또한 〈중앙일보〉 관련 기사에 따르면 궁중 음식 숙수(요리사)들이 일제로 인해 궁중에서 쫓겨난 뒤 명월관으로 모여 음식을 판 것에서 한정식이 유래했다고 설명한다. 궁중 상차림을 그대로 제공하는 경우도 있었다고 하며, 궁중 연회에 참석하던 약방기생(의녀, 醫女)들 또한 같이 쫓겨났기에 이들을 불러들였다는 내용도 있다. 공통된 점은 한정식이란 요리는 궁중 음식에서 유래한 것이라는 점이다. 기생집에서 유래했다는 주장을 하는 사람이 있는데 한정식이 기생집에서도 서비스되었던 것이지 거기에서 유래했다는 근거는 없다. 한국학중앙연구원의 주영하 교수 또한 한정식을 팔던 일반적인 음식점과 기생과 같이 서비스하던 기생 요릿집을 별개로 구분해야 한다고 지적한다. (위키피디아에서 퍼옴)

즉, 이런 상차림은 일제 강점기에 등장했고 요릿집과 기생집을 중심으로 발전해 오늘에 이르고 있다. 이런 밥상에선 평등이 이루어지기 어렵다. 남들이 다 좋아하는 음식을 나도 좋아한다고 눈치 없이 마구 먹으면 결례다. 나는 이런 밥상을 받으면 적당히 눈치를 보면서 남들이 덜 먹는 음식을 먹는다. 다행인 점은 남들은 고기를 좋아하여 그것을 먹지만 난 나물과 김치를 좋아해 별로 눈치를 보지 않아도 된다. 이런 상차림에 오른 음식은 고르게 다 맛이 좋긴 어렵다. 그래서 나는 가짓수가 적어도 맛이 좋은 단품식이 좋다. 아, 무주의 '천지가든'은 모든 음식이 고르게 좋았다.

완두 완두 완두콩, 여름엔 완두콩이다

6월 7일

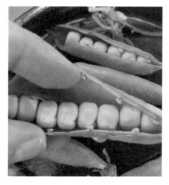 

6월에 꼭 드세요, 완두콩.

아스파라거스 쉽게 먹기

6월 11일

아스파라거스는 비교적 비싼 식재료다. 그도 그럴 것이 아스파라거스 씨앗을 파종해 사람들이 먹을 수 있는 어른 손가락 정도의 굵기로 자라기까지 5년 이상은 걸린다. 아스파라거스 모종을 구해 심었는데 첫해에는 그야말로 연필심처럼 가늘어서 잘라 먹기가 미안한 정도였다. 게다가 키우기도 쉽지 않아 두세 해 키우며 먹기는 고사하고 쑥쑥 자라 딜처럼 나풀거리는 식물을 감상하는 것으로 만족했다.

요즘은 우리 식탁에서도 아스파라거스를 어렵지 않게 만난다. 아스파라거스 재배 농가가 제법 있기 때문이다. 이전에는 농가에서 재배한 아스파라거스를 거의 수출했다고 한다. 그러니 아스파라거스 재배 농가는 짧지 않은 시간 이 채소에 공을 쏟아왔던 것이다.

나의 아스파라거스 요리법은 아주 단순하다. 올리브유에 볶다 소금, 후춧가루 뿌려 마무리한다. 술안주로 먹을 때는 여기에 달걀을 깨서 얹고 치즈를 토핑한다. 볶거나 데쳐서 먹지만 아스파라거스도 채소, 즉 생으로 먹어도 된다. 굵은 아스파라거스 밑동은 채칼로 껍질을 벗기면 훨씬 부드럽게 먹을 수 있다. 소금물에 데쳐 초장을 찍어 먹어도 되고 쌀에 얹어 밥을 지어 먹어도 된다. 초장이나 쌈장을 찍어 먹으면 한국식, 볶아서 소스를 뿌리고 치즈를 얹으면 서양식이 아닐까 한다. 식감이 좋으니까 장아찌나 피클을 만들어도 맛있을 것이다.

아스파라거스를 보관할 땐 깊고 둥근 용기 바닥에 물을 1센티미터 높이만큼 붓고 아스파라거스를 세워 냉장고에 넣어두면 오래 싱싱하게 먹을 수 있다.

콩국수는 완벽한 비건 음식이다!
6월 12일

주요 국숫집에서 여름 메뉴인 콩국수를 내놓기 시작했다. 신난다. 여름 동안 여기저기 국숫집 다니며 콩국수를 먹어야겠다. 콩국수는 완벽한 채식, 비건 음식이다.

올여름엔 스스로 콩국수도 만들어 먹어봐야겠다. 한 번도 도전하지 않은 음식이다.

수박은 여름의 맛
6월 13일

올여름 첫 수박이다.

동네 친구 세희 씨에게 전달할 물건이 있어 갔더니 수박을 나눠 주었다. 아직 좀 이른 듯하지만 충분히 달고 맛있다. 수분이 많은 수박을 냉장고에서 꺼내 썰어 한 입 베어 물면 정말 기분이 좋고 시원해진다.

식구도 적고 냉장고도 작아서 수박을 사서 먹기가 쉽지 않다. 그렇다고 반쪽으로 자른 수박을 사고 싶지도 않다. 시원한 수박 가운데 칼을 넣고 힘을 주면 호쾌하게 잘리는 수박. 그 쾌감을 뺏기고 싶지도 않다.

올여름엔 수박을 몇 번이나 사려나?

더위 확 날리고 만들기도 쉬운 오이지 냉국
6월 14일

여름 밥상엔 오이지와 쌈 채소 그리고 쌈장이 올라야 한다.

오이지 냉국은 표고버섯과 다시마로 국물 내어 식힌 후 불린 미역과 오이지를 넣는다. 오이지 하나에 물 1리터. 국물 양념은 매실청 1큰술, 현미 식초 1큰술, 간장 1작은술. 청양고추 송송 썰어 넣고 얼음 띄우면 끝. 여기에 친구 어머님의 텃밭 채소와 쌈장. 여름 밥상을 좋아한다.

하지

여름 밥상은 푸르름이
반찬이다

생일 아침, 엄마를 그리워하다
6월 20일

엄마는 1939년 음력 6월 20일생, 나는 1970년 양력 6월 20일생(음력 5월 17일)이다. 원래 음력으로 생일을 챙겼는데 마흔이 된 후부터 양력으로 지낸다. 스스로 생일을 챙기고 동시에 엄마도 기억하려 함이다.

　엄마는 날 한밤중에 불을 때다 낳았고, 태몽은 하얀 목화를 치마 가득 딴 것이었다고 했다. 종손집의 맏며느리였던 서른한 살의 엄마는 위로 딸 둘과 아들 하나를 낳았지만 아들이 아기 때 죽는 바람에 결국 나는 세 번째 딸이었다.

추측하건대 엄마는 하루를 힘들게 보내다 태기가 느껴지자 스스로 불을 때며 해산을 준비했을 것이다. 엄마보다 고작 18세가 많았던 내 할머니는 아주 욕심이 많고 성정이 포악했으니 엄마의 출산을 도왔을 리가 없다.

이렇게 하지 즈음에 엄마는 날 낳았다. 난 새벽에 엄마를 생각하며 미역국을 끓였다. 표고버섯과 다시마로 맛을 내고 간장으로 간을 하여 아주 담백하게 끓였다. 마침 혜민 씨 친구도 와 있어 일찍 상을 차리고 생일 축하 노래를 목청껏 불러 축하해 주길 강요했다. 남편은 이쁜 손글씨로 생일 편지를 써 주었다. 선물을 못 해주는 것을 미안해했지만 딱히 필요한 것도 없어 돈 벌어 5층짜리 건물 한 채만 사달라고 했다.

생일, 나보다 엄마를 기억하는 날이다. 서른한 살의 젊고 작고 예뻤을 엄마를. 난 특히 엄마를 빼닮았는데 엄마의 좋은 품성까지 닮아 참 다행이라 생각한다.

매일 쓰는 나의 일기를 대견하다 칭찬한다
6월 21일

지난해 10월부터 쓰기 시작한 식사 일기가 어느새 9개월째다. 지난달부터 이 일기에 성의가 빠지고 있다. 일상에 게으름을 부리며 밥상에도 영향을 미친다. 게다가 '내가 이걸 매일 써 뭐하나?'라는 생각도 들어 여러모로 일기가 엉망이다. 그러던 차에 오늘 펴 든 요조 작가의 『일상 51선』서문에서 이런 글을 읽었다.

"아무리 간단한 일이라도 그것을 매일 반복하는 데에는 결코 작지 않은 에너지가 든다. 그러므로 '반복'이라는 것은 그것이 무엇이든 대단하다는 마음으로 『일상 51선』이라는 제목을 지었다. 일상은 그런 것이라고 생각한다. 나의 일상이 대단한 만큼 당신의 일상도 대단한 것을 안다."

이 글을 읽으니 갑자기 내가 매일 쓰는 식사 일기가 대단하게 느껴졌다. 그래서 조금 부족해도 다시 힘을 내어 써야겠다는 생각이 든다.

마당 매화나무의 매실을 매실주와 매실청으로
6월 22일

매실은 하지 즈음에 딴다고 한다. 하지 즈음이 되자 매실이 하나둘 화단에 떨어졌다. 이 매실이 자연스럽게 익어서 떨어지면 그 매실로 뭐든 만들면 좋으련만 그렇게 기다리기에 내 성미는 너무 급해 결국 어제 매실을 땄다. 매실을 씻어 하루 두니 잘 익은 매실은 무르기 시작했다. 이 매실로 무엇을 만드나?

매실청, 매실주, 매실식초 모두 가능하다. 하지만 내가 도전할 수 있는 것은 매실청이다. 식초를 만들고 싶었으나 제대로 식초를 만들기 위해선 술의 과정을 지나 여기에 이스트 등을 넣고 더 발효를 시켜야 하는 무척 복잡한 과정을 거쳐야 한다는 것을 검색을 통해 알고 빠르게 포기하고 매실청을 만들기로 했다.

우리 집 마당에서 수확한 매실은 총 2.5킬로그램 남짓이다. 아직 나무에 매실이 달려 있지만 별로 많진 않으니 우리 나무 한 그루에선 3킬로그램 안팎의 매실을 수확할 수 있는 것 같다. 지난해에는 해갈이를 하느라 매실이 달랑 2개 열렸는데 올해는 무척 많이 열린 것이다. 내 마당에서 매실을 따서 그 매실로 음식에 필요한 무언가를 만든다니 신기할 따름이다.

그 많던 유리통은 어디로 갔는지, 다이소에서 5리터 유리병을 사서 매실 2.1킬로그램, 설탕 2킬로그램, 소금

200그램을 넣어 채웠다. 소금을 살짝 넣은 식초를 먹어보고 더 맛이 좋아 청에 소금을 넣긴 했으나 어떤 맛을 보일지는 장담할 수 없다. 일종의 실험이니까. 작은 병엔 보통의 방식대로 매실과 설탕을 동량으로 넣었다.

우리 집에선 음식에 설탕을 거의 사용하지 않는다. 그런데 청을 사용하면 설탕을 사용하는 것과 뭐가 다를까? 다르지 않다. 청은 결국 과일 설탕 절임이니 많이 먹어 좋을 게 없어 어느 순간 매실청 만들기를 포기했는데 나무에 열린 매실을 보니 참을 수가 없었다. 별수 없다. 적게 먹어야 한다. 여름 음식엔 매실청을 종종 사용한다. 오이지 냉국에는 매실청을 살짝 넣어야 맛이 난다.

3개월 후, 9월 말쯤에 매실만 건져내면 이것은 자연스럽게 청이 되고 제 역할을 할 것이다.

열무김치를 담그며 오른 물가에 한숨을 내뿜다
6월 24일

한 달 전에 보리를 삶아 넣고 국물도 넉넉히 잡아 열무 얼갈이김치를 담갔는데 여기저기 주고 우리도 열심히 먹었더니 어느새 바닥을 보여 한 번 더 담갔다. 이번엔 아주 여린 열무로 담갔다. 밀가루풀을 쑤고 빨간 고추도 6개나 갈아 넣었다. 다른 재료는 없이 쪽파만 조금 넣어 열무 맛이 많이 나는 김치다.

　　장을 보면서 물가가 엄청나게 치솟았단 생각이 들었다. 젓갈이며 새우젓, 고춧가루 등 비싼 식재료가 집에 있었음에도 열무 4킬로그램, 실파 반 단, 양파 서너 개, 고추와 생강을 샀는데 거의 5만 원에 육박했다. 이것도 재래시장에서 조금씩 사서 가능한 금액이다. 만약 마트에서 샀다면 이보다 30퍼센트쯤 더 들었을 것이고 젓갈이며 고춧가루까지 사야 했다면 열무김치 4킬로그램 담그는 데 10만 원이 들 수도 있겠단 생각이 들었다. 그러면 파는 김치를 사 먹는 게 훨씬 저렴할 것이다.

"밥 달라"는 따뜻한 말
6월 28일

연일 계속된 촬영으로 힘든 세미 씨가 내게 밥하기가 너무 힘들다며 밥을 달라고 했다. 난 그 말이 참 따뜻했다. 그래서 그를 위해 두부를 지지고 된장을 볶고 공심채를 볶고 감자 미역국을 끓였다. 세미 씨는 비건이라 이럴 때 외식을 편하게 할 수도 없다. 이런 친구에게, 힘들다며 밥을 달라는 친구에게 밥을 해줄 수 있어 참 좋았다.

호랑이 강낭콩 넣어 밥을 짓다
6월 29일

콩을 넣은 밥은 고소하고 맛있다. 남편은 가릴 정도는 아니지만 어렸을 땐 콩을 좋아하지 않았다고 한다. 나는 콩자반이나 서리태를 넣은 밥은 별로 좋아하지 않지만 다른 콩은 좋아하는 편이다.

호랑이 강낭콩을 8킬로그램 샀다. 내가 산 곳은 4킬로그램에 2만 5천 원, 옆의 다른 청과상은 3만 원, 인기 온라인 숍에선 4만 원에 육박한다. 더 좋은 식재료를 사겠다고 온라인 구매를 하는 게 옳은가 잠시 생각해 봤다. 농가와 직거

래가 아니라면 온라인 구매에 대해 신중해지자고 마음먹었다. 콩도 마찬가지다. 작년에 동네 청과상에서 4킬로그램을 사서 냉동고에 두고 최근까지 맛있게 먹었다. 그런데 굳이 쓰레기 발생이 높은 온라인 숍에서 구매를 해야 할까? 가격도 높은데. 그래서 작년처럼 동네 청과상에서 샀고 남편과 둘이 앉아 껍질을 깠다. 8킬로그램 콩은 껍질을 까면 대략 5킬로그램쯤 나온다. 작은 지퍼백에 담아 냉동고에 넣었다. 좀 많은가 싶은데 작년에 아껴 먹은 것을 생각해 조금 넉넉히 샀다.

　냉동고에 넣을 땐 콩을 씻지 않고 넣는다. 밥하기 전에 꺼내 물에 한 번 헹구고 바로 쌀 위에 얹어 밥을 하면 된다. 소금을 살짝 넣고 삶아 샐러드로 먹어도 좋다. 채식을 하는 사람들에게 콩은 좋은 단백질원이다. 게다가 밥에 콩을 넣으면 아무래도 먹는 밥 양이 준다. 콩을 냉동고에 가득 쟁여 넣으니 뿌듯했다.

낮술의 정서
6월 30일

아침부터 비가 무척 내렸다. 비는 종일 이어졌다. 이런 날씨엔 조미료가 잔뜩 들어간 김치찌개에 라면을 넣고 그 라면이 퉁퉁 불어 우동 면발이 되도록 낮술을 마셔야 한다.

낮술을 마시기 시작한 것은 서른이 넘으면서다. 서른한 살에 경력직 기자로 들어간 곳은 언론사에서 발간하는 주간지였다. 주간지의 특성상 기자들은 기사를 마감하고 편집장의 편집이 끝나 자신의 기사를 교정하기 위해 하릴없이 기다리는 시간이 있다. 그런 시간에 낮술을 종종 했다. 점심

시간에 밥을 먹으며 낮술을 몇 잔 하고 약간 몽롱한 상태로 검색을 하고 아이템 구상을 하던 그 기분은 내가 느낀 사회인으로의 나이 듦이었다. 그게 나쁘지 않았다.

그래서인지 남편과 종종 낮술을 마신다. 주로 비가 내리는 날엔 묘하게 낮술이 당긴다. 아침부터 비가 주룩주룩 내렸다. 남편도 나도 특별한 약속이 없었다. 그래서 마음이 시키는 대로 남편을 꼬드겼다. 그런데 아쉽게 동네에서 괜찮은 김치찌개집을 찾을 수 없었다. 그래서 지난해 3월 이후 처음으로 부대찌개를 먹으러 갔다. 오랜만에 갔더니 주인께서 반색하셨다. 그 사이 부대찌개 가격은 1,000원이 올랐다. 소주 한 병을 시켜 사이좋게 나눠 마시고 나오는 길에도 비는 그치지 않았다.

여름 보양식 민어탕, 민어전, 민어 부레와 껍질 볶음
7월 6일

오픈되자마자 마감된 통영 '성림'의 손질 민어를 재수 좋게 샀다. 청주로 강연을 다녀오느라 정신이 없었지만 도착한 민어를 먹지 않을 수 없었다. 평소 늘 베풀어주는 동네 친구 커플을 불러 여름 보양 파티를 했다.

민어 대가리와 뼈, 살로는 탕을 끓였고 껍질과 부레는 올리브유 넉넉히 둘러 튀기듯 구웠다. 손질이 다 되어 왔으나 회는 직접 떠야 했다. 미천한 솜씨로 껍질과 살을 분리했다. 뭉텅뭉텅 썰어 맛있게 먹었다.

나에게 민어 요리는 탕이 으뜸이고, 그다음은 전, 회가 3위였는데 부레와 껍질을 소금 살짝 넣어 올리브유에 구운 것을 맛본 후 회는 4위로 밀렸다. 올여름 보양을 했으니 잘 지내보자.

민어탕

민어 대가리와 뼈의 피를 빼고(찬물에 좀 담가두거나 끓는 물에 살짝 담갔다 뺀다) 채소와 다시마를 넣고 육수를 낸다. 두어 시간 이상 끓여야 뼈에서 좋은 맛이 많이 우러난다. 12시간 정도 뭉근하게 끓이기도 한다지만 난 2시간 끓였다.

매운탕 양념: 고춧가루 2 : 고추장 1 : 간장 1 : 생강술 2의 비율로 간을 잡는다. 간을 맞출 땐 간장과 소금으로 한다. 고추장으로 간을 맞추면 정말 별로다.

1. 민어 육수에 감자와 호박, 양념을 넣고 끓인다. 감자와 호박이 익으면 다진 마늘 조금, 대파와 매운 고추를 썰어 넣고 마무리한다.

2. 수제비 반죽을 떼어 넣어도 맛있다.

민어전

1. 민어에 소금과 후춧가루를 뿌려 간을 한다(민어 말고 달걀 물에 소금을 넣어 간을 해도 좋다).

2. 1의 민어에 밀가루를 얇게 입히고 그 위에 달걀물을 입혀 기름에 부친다.

민어 부레와 껍질 볶음

1. 민어 부레와 껍질은 먹기 좋게 썬다.

2. 팬에 올리브유를 넉넉히 두른다.

3. 기름의 온도가 오르면 부레와 껍질을 넣고 소금과 후춧가 루를 뿌려 튀기듯 볶는다. 여기에 감자와 마늘을 납작하게 썰어 넣고 볶아도 좋다.

감자의 다채로운 활약
7월 7일

동네에서 친하게 지내는 친구 중에 미혼의 나이 든 남자들이 있다. 고양이 책방 '책보냥' 주인이며 드로잉과 디자인을 하는 작가 김대영 씨와 배우 겸 감독 양익준 씨다. 둘 다 혼자 살고 더 이상 그들 어머니의 반찬에 의존하지 않는다. 그럼에도 이들은 식사를 스스로 잘 챙기는 편에 속한다.

나는 종종 이 두 남자의 반찬이나 밥을 챙긴다. 오늘은 민어를 이 두 남자에게 맛보여 주고 싶었다. 오후에 강연을 들으러 가는 길에 이들의 저녁 일정을 체크했더니 다행히 9시경엔 모두 괜찮다 했고 우리 집에 오기로 했다. 동네 친구가 좋은 것은 이렇게 느닷없이 만나 술 한잔하며 사는 데 별

도움이 되지 않는 수다를 떨 수 있다는 거다.

준비한 음식은 달랑 민어회 한 접시와 고수무침. 손님을 부르기에 민망할 만큼 적은 양이었지만 우린 즐거웠다. 냉장고에 있던 와인 세 병을 다 마시고 위스키도 꺼내 한 잔씩 마셨다. 당연히 민어회로 시작한 안주는 부족했다. 열무김치는 두 번 채웠고 달걀말이, 찐 감자 구이, 두부부침도 추가되었다.

감자를 쪄두니 아주 요긴하다. 배고플 때도 먹고 술안주 부족할 때도 먹는다.

감자를 얇게 썰어 기름에 볶으면 아주 훌륭한 안주가 된다. 양파와 같이 볶아도 되고 다른 재료와 볶아도 된다. 볶음이 싫으면 물 조금 넣고 다시마 한 장과 얇게 썬 감자를 넣고 간장으로 간하면 국물이 있는 안주가 된다.

민어 3킬로그램으로 어른 일곱 명이 이틀 동안 행복했다. 민어 만세다.

와우!! 멍게김치라니
7월 14일

김치에 멍게라니. 멍게김치가 있다는 글을 보자마자 주문했다.

멍게김치는 처음이다. 멍게가 넉넉히 들어간 김치는 향이 몹시 좋았다. 멍게의 맛과 향을 느껴보라는 듯, 김치의 간을 약하게 한 것이 포인트 같았다. 간이 약하니 맘껏, 다양하게 먹을 수 있다. 김치의 끝은 어디일까?

복달임으로 금태 솥밥

7월 16일

고기를 끊은 후 우리 집 식비는 더 늘었다. 고기를 먹던 날
의 음식을 대체로 해산물로 대체 중인데 좋은 생선은 소고
기나 돼지고기보다 가격이 높다. 오늘만 해도 그렇다. 보
통 초복엔 닭 요리를 해 먹었다. 그런데 오늘은 금태 솥밥
을 했다. 세 장 뜨기로 손질한 크기가 큰 금태 한 마리를 8만
5,000원에 샀다. 한 끼 식비가 어마어마한 것이다.

　　금태 솥밥은 만드는 과정이 복잡하다. 생선으로 솥밥
을 할 땐 일단 대가리와 뼈로 국물을 내고 그 국물을 식혀
밥물로 쓴다. 대가리와 뼈는 오븐에 1차로 굽거나 기름을

두르지 않은 팬에 노릇하게 구워 물에 넣고 30분 정도만 끓이면 국물이 잘 우러난다. 생선 살도 토치로 그을린 후 밥을 뜸 들일 때 얹는다. 그러면 맛도 좋고 생선의 비린내도 잡힌다.

금태 솥밥

1. 금태 대가리와 뼈를 구운 뒤 물에 넣고 끓여 국물을 우려낸다. 다시마와 간장을 넣어 맛도 풍부하게 하고 간도 한다.

2. 생선 살에 소금과 청주를 바른다.

3. 불린 쌀에 간장, 들기름을 넣어 섞은 후 밥을 짓는다.

4. 2의 생선 살을 토치로 그을린다.

5. 밥이 다 되어 불을 끄고 뜸 들일 때 파나 미나리 등 채소와 4의 그을린 생선 살을 얹은 뒤 솥뚜껑을 덮고 15분 정도 뜸을 들인다.

   처음부터 생선을 얹어 밥을 해도 되지만 그러면 생선의 탄력이 너무 떨어진다.

솥밥의 원리

요즘 솥밥 레시피 책이 인기다. 솥밥의 원리는 간단한다. 강
불로 시작해 밥물이 끓어 자작해지면 불을 약으로 줄이고 양
과 솥에 따라 12~15분 정도 조리하고 불을 끄고 5분 이상 방
치하여 뜸을 들이는 것이다.

이렇게 금태 솥밥은 물론이고 가자미 솥밥도 가능하다. 시판
용 구운 고등어도 응용하여 밥을 지을 수 있다. 한 가지만 제
대로 익히면 몇 번의 시행착오를 거쳐 자신만의 방법을 만들
수 있으니 음식을 할 때마다 너무 유튜브 레시피에 의존하지
말자.

아무튼 고기를 먹던 시절엔 2만 원이면 충분했을 복달
임 음식인데 이젠 안 된다. 중복엔 채개장을 끓여야겠다.

덮밥 중 최고는 된장덮밥!
7월 17일

서울에서 고은정 선생님의 스튜디오 '맛있는 부엌'이 있는 전북 남원시 산내면까지는 시외버스로만 왕복 8시간이 걸린다. 그럼에도 그곳에 가면 좋다. 바로 맛있는 밥 때문이다. 그곳에 도착한 어제 저녁에는 초복이라고 민어회와 민어 곰국을 내어주셨고, 오늘 아침엔 단정한 가지찜과 열무물김치 그리고 된장덮밥을 주셨다.

된장덮밥을 처음 접하는 사람은 기대보다 맛있고 된
장의 고소함과 풍미에 놀란다. 심지어 말을 하지 않으면 '카
레라이스인가? 그 맛과는 조금 다른데?' 하며 갸우뚱거린
다. 된장덮밥은 고은정 선생님의 창의성과 우리 장에 대한
애정으로 만들어진 음식이다.

만드는 방법도 간단하다. 카레라이스처럼 각종 채소
를 들기름에 볶다 물을 붓고, 된장을 풀고 마지막에 전분으
로 농도를 조절하면 된다. 과일을 조금 더 넣으면 단맛이 높
아지고 고기를 넣으면 그 맛이 올라온다. 된장덮밥을 처음
먹는 사람들이 된장의 정체를 잘 모르는 이유를 나는 된장
의 포용성에 있다고 생각한다. 된장은 자기 고유의 맛을 가
지고 있으나 같이하는 다른 재료의 맛도 충분히 살린다. 그
러니 깍둑썰기 한 감자와 당근, 양파가 든 약간 브라운색의
덮밥을 처음 맛본 사람들은 된장이 들었다고 생각지 못한
채 익숙한 카레라이스라고 하는 것이다. 가까운 시간 내 된
장덮밥을 해서 동네 친구들과 나눠 먹어야겠다.

감자와 달걀과 맛있는 브리오슈
7월 18일

맛있는 브리오슈(특별히 버터와 우유가 많이 들어간 식사용 빵)가 생겼다. 화단엔 바질과 시소가 있고, 감자와 달걀도 있다. 감자는 껍질 벗겨 깍둑썰기 하고 달걀은 찬물에 헹궈 한 솥에 넣고 삶았다. 오이가 없어 오이지의 짠기 빼서 꼭 짰다.

달걀과 감자 으깨고 오이지 넣고 소금, 후춧가루, 마요네즈 넣어 섞어 으깬 감자 샐러드를 만들었다. 마요네즈가 조금 부족해 좀 뻑뻑했으나 오랜만에 만들어 먹으니 좋았다. 농부와 결혼한 진주가 남편이 기른 토마토로 즙을 내 보내줬는데 정말 진하고 맛이 좋았다. 으깬 감자 샐러드 햄버거로 도시락 만들어 동네 친구들에게도 주었다.

마땅히 먹을 게 없을 땐 냉장고를 뒤지고
7월 21일

봄에도 가을에도 겨울에도 여러 이유로 그렇지만 여름엔 특히 부엌에 서 있기 싫다. 하기 싫지만 해야 할 땐 쉽게 하는 방법을 찾아야 한다. 그 방법은 냉장고 안에 있다.

짜지 않고 향긋한 멍게김치, 날치알, 김부각이 눈에 보였다. 밥을 지어 큰 그릇에 담고 그 위에 멍게김치, 날치알, 김부각을 얹어 비볐다! 맛있다. 옛날 사람들은 어떻게 밥을 비벼 먹을 생각을 했을까?

귀찮을 때 비비는 게 최고다.

외식 없었던 하루
7월 23일

하루 두 끼를 먹는데 그중 한 끼는 외식을 하는 것 같다. 오늘은 두 끼 모두 직접 해 먹었다.

첫 끼니는 토마토감자밥. 착즙한 토마토즙을 물과 섞어 밥물을 했다. 감자와 쌀은 물을 붓기 전에 올리브유로 살짝 볶고 소금으로 간했다. 리소토를 하고 싶었는데 귀찮아 꾀를 낸 것이다. 밥 푸기 전에 버터를 넣었으면 더 맛있을 거 같았다.

파프리카 파스타를 했다. 파프리카를 구운 후 껍질을 벗겨 올리브유와 소금을 넣어 갈면 파프리카 페스토가 된다. 이 페스토를 차게 식혀서 삶은 파스타와 섞으면 되니 무척 간단하다.

〈헤어질 결심〉을 보고, 달걀말이를 했다

7월 28일

'영미상회'에서 산 전복장을 잘게 썰어 고슬고슬하게 지은
밥에 버터와 같이 넣어 비벼 먹고 극장에 갔다. 영화를 보
기 위해 들어간 극장 안은 대낮처럼 환해서 다소 낯설었지
만 동네 극장 특유의 편안한 분위기가 좋았다. 게다가 영화
비도 7,000원으로 저렴했다. 평일 저녁이었고 영화가 개봉
된 지 좀 지나 스크린에서 내려올 때가 되었지만 극장엔 제
법 사람이 많았다. 같은 영화를 극장에서 여러 번 보는 일은
잘 없는데 〈헤어질 결심〉은 극장에서 다시 보고 싶었다. 남
편도 그렇다고 했다.

두 번째 보는 것임에도 영화가 상영되는 두 시간 내내 집중해서 보았다. 재미있고 아름다운 영화란 생각이 들었다. 물론 중간중간 박찬욱 식의 기괴함이 있지만 그 또한 매력이다. 탕웨이는 꼿꼿하고 아름답고 박해일은 품위 있고 창백했다. 모든 장면의 색채는 낯선 듯 조화로웠다.

영화를 보고 집에 오니 밤 10시가 훌쩍 넘었다. 참다가 출출해져서 와인을 한 병 꺼내고 달걀말이를 했다. 안주 없이 술을 마실 수 있으면 좋겠지만 난 그것을 못 한다. 달걀 5개를 풀고 청양고추 2개를 썰어 넣고 달걀말이를 했다. 팬을 잘 달구고 기름을 넉넉히 두른 후 달걀을 나눠 넣으면서 말아야 한다. 서둘면 망친다. 중불에서 천천히 여유를 갖고 말아야 한다. 심야 술상에 달걀말이만 한 안주는 없다.

『아무튼, 떡볶이』가 곰장어가 된 날
7월 29일

어떤 책을 읽고 나면 먹고 싶은 음식이 생각난다. 영화도 그렇고 연극도 그렇고. 박해영 작가의 〈나의 아저씨〉나 〈나의 해방 일지〉는 소주 생각이 간절히 나게 하는 드라마다. 요조 작가의 『아무튼, 떡볶이』는 책장을 넘기면서 그리고 덮으면서 여지없이 떡볶이가 먹고 싶어지게 하는 책이다. 작가도 책의 끝에 이 책에 대한 최고의 찬사는 책을 읽고 난 다음 식사를 떡볶이로 하는 것이라 적었다.

떡볶이에 관한 한 나는 미맹이다. 솔직히 밀떡과 쌀떡도 구분하지 못한다. 떡볶이를 시키면 떡은 빼고 어묵만 건져 먹는 스타일이기 때문이다. 그래서인지 큰 냄비에 떡과 어묵, 라면, 튀김 등을 넣어 끓여 먹는 즉석 떡볶이가 좋다. 즉석 떡볶이의 마무리는 볶음밥이다.

떡볶이 노래를 부르다 우리가 선택한 음식점은 곰장어집이다. 지나다니며 봤을 뿐 한 번도 가지 않았던 집이다. 양념 곰장어 볶음 2인분을 가볍게 먹고 밥을 넣어 볶아 먹는 것으로 마무리했다. 볶음밥으로 마무리했으니 떡볶이 책을 읽은 후 선택하기에 적절한 메뉴라고 고집한다. 요조 작가의 『아무튼, 떡볶이』 정말 재미있다.

음식도 큐레이션, 전복장으로 전복밥 하기
7월 30일

전복장을 그냥 먹어도 좋지만 밥에 얹어 비벼 먹는 게 나을 거 같았다. 전복 껍데기째 담근 장이어서 내장도 그대로 붙어 있었다. 내장을 이용해 전복밥을 했다.

전복장을 이용한 전복밥

1. 전복을 껍데기에서 떼고 전복의 내장 부분을 분리한다.

2. 내장은 잘게 썬다.

3. 올리브유(들기름도 좋음)로 내장과 쌀을 볶고 화이트 와인(청주도 좋음)으로 쌀을 코팅한 후 물을 붓고 밥을 한다.

4. 밥이 다 되면 내장을 분리한 전복을 잘게 썰어 밥 위에 얹고 전복장 간장을 넣어 비벼 먹는다. 이때 버터보다는 참기름을 넣어 비비는 게 더 잘 어울린다.

스스로 모든 음식을 요리할 수 있으면 좋겠지만 그것은 욕심이다. 그러니 좋은 식재료로 잘 만들어진 음식을 찾아서 사 먹는 것도 현명하다. 나는 김치와 장은 직접 만들지만 직접 만들기 어려운 음식은 사서 먹는다. 젓갈이 그렇고 해산물로 만든 장 요리가 그렇다. 음식도 큐레이션을 잘해야 한다.

호박잎 2천 원어치로 차린 여름 밥상
7월 31일

호박잎은 정말 여름에 잠깐 먹을 수 있는 식재료다. 호박잎으로 내가 할 수 있는 음식은 고작 호박잎 쌈과 호박잎 된장국이다.

어제 연극을 보러 가는 길에 혜화로터리에서 대학로를 연결하는 횡단보도 앞의 할머니한테서 호박잎을 샀다. 할머니는 잠시도 손을 쉬지 않고 호박잎과 고구마 줄기를 다듬고 계셨다. 바삐 움직이는 마른 손에 눈길이 멈추니 그냥 지나칠 수 없었다. 빨간 플라스틱 그릇에 담긴 호박잎을

286

가리키며 얼마냐 묻자 2,000원이라고 하셨다. 호박잎은 흔하면서 귀한 식재료다. 여름 밥상에 자주 오르지만 마트 등에서 찾으면 없다. 오히려 이 할머니처럼 자신의 작은 텃밭에서 기른 채소를 들고 나와 파시는 분에게 사는 게 빠르다.

어제 구매한 호박잎 2,000원어치 중 반은 국으로, 반은 쪄서 쌈으로 먹었다. 국을 끓일 땐 호박잎을 손으로 찢어 조금 세게 비벼 넣는다. 호박과 함께 넣어 된장국을 끓이면 별 반찬이 필요 없다. 쌈 호박잎은 따로 찔 필요 없이 밥하는 솥에 밥 뜸 들일 때 올려 쪄내면 된다. 이 경우 취사 중간에 뚜껑을 열 수 있는 솥이어야 한다.

녹두밥을 호박잎에 올리고 된장을 넣어 싸서 먹고, 아삭이 고추는 된장에 찍어 아삭! 한 입 베어 먹고, 뜨끈한 호박잎 된장국을 한 술 크게 떠먹으니 '집밥이 최고'란 말이 절로 나왔다.

호박과 가지, 쉽게 먹는 여름 밥상
8월 4일

준일 씨 어머니께서 키우신 호박과 가지를 잔뜩 받았다. 가지와 호박 하나씩을 사용해 오늘 밥상을 차렸다. 애호박 달걀덮밥과 가지찜이다. 호박과 가지는 어렸을 땐 손도 안 대던 식재료다. 그러나 지금은 없어 못 먹는 음식이다.

가지를 가장 쉽게 요리하는 법

가지는 내겐 약간 까다로운 식재료다. 잘못 다루면 채소 비린 내도 난다. 가지로 만드는 가장 쉬운 요리는 찜이다.

1. 가지를 먹기 좋게 잘라 밥 뜸 들일 때 밥 위에 얹어 찐다.

2. 찐 가지에 취향에 맞게 양념간장을 만들어 살짝 얹어 먹는다.

   난 이 방법이 가장 좋다. 오늘 양념간장은 청양고추를 잔뜩 넣어 만들었다.

호박을 한 번에 많이 먹는 방법_애호박 달걀덮밥

1. 애호박을 채 썰어 약간의 소금에 10분 정도 절인 후 물기를 짜고 올리브유에 천천히 볶는다.

2. 호박에 맛간장을 살짝 넣어 간과 맛을 입힌다.

3. 호박이 다 익으면 물을 서너 숟갈 넣고 끓으면 잘 풀은 달걀을 넣고 젓는다.

4. 달걀이 살짝 익으면 호박과 달걀을 밥 위에 얹는다.

입추

냉장고를 털어 먹어도
가을은 온다

비 내릴 땐 수제비
8월 8일

오늘같이 비 내리는 날엔 수제비를 끓여 먹어야 한다.

오후에 한가하게 수제비 반죽을 했다. 밀가루와 물의 적당한 비율은 1인분 기준으로 밀가루 1컵, 물 50밀리리터, 소금 1/2작은술이다. 수제비의 핵심은 반죽을 얼마나 성심성의껏 치대느냐다. 최소 10분은 치대야 한다. 손으로 적당히 치대다 발로 밟으면 반죽이 더 쫄깃해진다. 잘 치댄 반죽은 냉장고에서 30분 이상 숙성시킨다.

다시마와 건표고버섯으로 국물을 내고 여기에 감자, 양파, 호박을 넣고 끓인다. 수제비 반죽은 넣고 5분 정도면 익으니 감자와 양파가 익었을 즈음 반죽을 떼어 넣는다. 간장으로 간을 한다.

비가 오는데 외출하지 않아도 되니 정말 좋다.

맛있는 달걀찜은 좋은 달걀에서
8월 9일

국을 대신하여 달걀찜을 했다. 달걀 네 개에 명란 한 개, 여기에 꽈리고추 다섯 개를 송송 썰어 잘 섞었다. 명란의 비릿한 향을 잡기 위해 생강술도 한 숟가락 넣었다. 냄비에 이모두를 붓고 강불에서 잘 저으며 몽글몽글 덩어리가 생기고이 덩어리가 제법 커지면 뚜껑을 덮고 약불로 줄인다. 약불에서 최소 7분은 지나야 달걀이 빵처럼 부풀고 겉면도 익는다. 뚜껑을 열면 부푼 달걀이 쏘옥 내려앉지만 뚜껑을 밀어올릴 듯 부풀어 오르는 달걀을 볼 땐 기분이 좋다.

오랜만에 햇살, 햇살 같은 채소볶음
8월 12일

아침 반찬으로 호박, 파프리카, 아스파라거스를 한데 넣고 채소볶음을 했다. 고기를 끊고 생긴 변화 중 하나는 식탁에서 가공식품이 거의 사라졌다는 점이다. 이전엔 소시지나 햄 등을 별생각 없이 먹었으나 고기를 끊은 후엔 그게 불가능하다. 마트에서 판매하는 대부분 가공식품엔 육류 분말이나 소스 등이 포함되었기 때문에 먹지 않는다. 덕분에 집 밥상은 훨씬 건강해졌다.

오늘의 채소볶음도 그렇다. 올리브유를 팬에 넉넉히 두르고 거기에 양파, 호박, 아스파라거스, 파프리카를 넣고 볶다가 소금 살짝 뿌린 후 간장을 넣어 맛을 냈다. 무척 간단하다. 그런데 이 채소볶음을 상에 올리면 밥상에서 빛이 난다. 긴 비 끝에 햇살이 비친 오늘 날씨처럼.

아스파라거스도 찔 수 있구나

8월 16일

여행에서 돌아오는 길에 정미가 준 열기에서 약간 이상한 냄새가 나기 시작했다. 생물 생선이 더위를 뚫고 왔으니 당연하다. 더 보관하면 아까운 생선을 버리게 될 것 같아 굽기로 했다. 생선의 물기를 제거하고 밀가루옷을 입혔다. 기름을 넉넉히 두른 팬에 열기를 올리자 애들이 몸을 말았다. 아… 난 여전히 생선을 잘 굽지 못한다.

냉장고의 아스파라거스를 꺼내놓고 이것을 어떻게 해

야 하나 잠시 고민을 했다. 밑동의 껍질을 벗겨내니 그리 굵지 않은 아스파라거스가 부드러웠다. 이 정도면 쪄도 괜찮겠다는 생각이 들었다. 뜸이 들기 시작한 밥솥의 뚜껑을 열어 아스파라거스를 넣었다. 밥이 다 되어 뚜껑을 열어 보니 역시 아스파라거스도 잘 익었다.

아… 채소는 적당히 쪄서 먹으면 다 맛있구나! 오늘 얻은 채소에 대한 작은 상식이다.

절식 사흘째, 배고파
8월 23일

정말 늙고 있다는 생각이 들었다. 여기저기 몸이 고장 나는 것이 그 신호다. 당장 희석식 소주를 끊기로 했다. 밀가루 음식도 좀 줄여야 한다. 둘 다 현재 내 몸에 좋지 않은 영향을 준다는 것을 너무 잘 안다.

　토요일 점심 이후로 식사를 하지 못하고 있다. 하루 두 차례 캐비초크를 먹고 물을 열심히 마시고 있다. 일종의 해독 활동이라고 해야 할까? 아무튼 오늘 오후로 들어서며 극심한 배고픔과 싸워야 했다. 그런데 이 허기가 남편 저녁 준비를 하는 동안엔 살짝 사라졌다. 대영 씨도 불러서 남편과 같이 저녁 식사를 하도록 했다. 새우를 손질하여 마늘과 아스파라거스에 볶아 주었더니 둘 다 밥을 많이 먹었다.

사흘간의 절식 후
8월 24일

여러 이유로 3일간 절식했다. 절식 후 첫 식사는 남편 식사로 만든 채소 달걀찜이었다. 채소 달걀찜이 내 입에 짰지만 남편은 짜지 않다고 했다. 3일간의 절식으로도 입맛이 예민해진 것이다. 이런 예민함이 좋다.

일 년간 수강해 온 파스타 수업 마지막 날이다. 나는 뭐든 배우기 시작하면 일 년은 배워야 한다고 믿는다. 특히 그게 음식이라면 반드시 사계절을 배워야 한다. 그래야 제철 식재료의 쓰임을 잘 알 수 있다. 파스타도 일 년간 배웠다. 선생님의 시연을 보며 레시피에 자세히 메모하고 집에 와서 복습한다. 이 복습을 몇 번 반복하면 비로소 내 음식이 된다. 파스타도 그렇게 익혔다. 이제 파스타는 웬만한 음식점보다 낫게 만들 수 있을 것이다. 내 솜씨가 좋아서가 아니다. 모든 음식이 그렇듯 식재료를 좋은 것을 쓰기 때문이다. 절식 후라 양껏 먹진 못했지만 그래도 충만한 배움과 식사였다.

모두의 한 끼는 같은 무게로 소중하다
8월 29일

페이스북에서 한 그룹의 멤버로 가입했다. 일주일에 두 번 자신의 일정에 맞춰 모여서 음식을 만들고 그 음식을 움직임이 원활하지 않으신 분(대체로 혼자 사시는 노인)들에게 나눠 주는 봉사 단체다. 남편은 이미 몇 달 전부터 짬나는 대로 나가 잠깐 일을 거들었다.

방문하는 댁 중 생일을 맞으신 분께는 선물도 챙기고 방문할 가정의 특성에 따라 쓰레기를 내어놓거나 작은 심부름을 해결해 드리기도 한다.

방문한 가정에는 주로 연세가 많은 할머니들께서 계셨다. 음식을 전달하니 이분들은 모두 감사하다고 인사를 건네셨다. 월요일과 목요일에 이 활동이 진행되니 아마도 이분들은 받은 음식을 3일 동안의 반찬으로 드시는 모양이다. 우리 밥상에 흔하게 오르고 남으면 쉽게 버려지는 음식이지만 신체적이나 경제적인 문제로 만들어 드시기 어려운 사람들이 있다는 생각을 하지 못했다. 눈에 보이지 않으면 믿지 못해 내 작은 손길을 보태지 못한 게 참 미안하다.

하루 세끼는 부담스럽다

8월 30일

아침에 일어나 캐비초크를 한 잔 마시고 집을 나섰다. 운동 일정이 있는 화요일. '펠든크라이스 무브'에 가기 전 맥도날드에서 맥모닝 세트를 하나 먹었다. 집에서 나설 땐 먹지 않아야지 하지만 맥도날드 간판을 보면 홀린 듯 매장으로 빨려 들어간다. 운동을 마치고 선생님들이 같이 점심을 먹자고 하셨지만 뿌리쳤다.

집에 오니 남편이 배가 고프다고 했다. 오후 2시니 그럴 만했다. 비도 내리고 하여 '구포국수'에 가서 멸치국수를 한 그릇씩 먹었다. 우리 동네엔 구포국수 점포 3개가 쪼르록 있고, 우린 주로 1호점이라 부르는 가장 오래된 집으로 가는데 오늘은 가장 최근에 생긴 3호점으로 갔다. 메뉴도 같고 국수 국물도 같았는데 면발이 달랐다. 1호점은 중면을 사용하는데 여긴 소면이었다.

국수를 먹은 뒤 남편은 서울시민대학 강연을 갔고 나는 기획서를 썼다. 요즘 공부를 안 했더니 기획서가 써지질 않았다. 낑낑대고 있는데 준일 씨가 저녁에 아귀찜을 먹자고 했다. 당연히 '콜!'이라고 응답했다. 우리 부부와 준일 씨 커플 넷이서 아귀찜에 볶음밥까지 야무지게 먹었다.

하루 세끼를 꼼꼼하게 챙겨 먹었더니 몸이 그러지 말라고 하는 것 같았다. 좀 적게 먹어야 한다. 몸도 움직이지 않으며 깨어 있는 동안 세 번 식사를 하는 것은 무리다.

냉장고 털이엔 카레라이스

9월 1일

살림을 게으르게 하면 냉장고에서 표가 난다. 냉장고에 오래된 채소와 과일이 뒹군다. 호박, 싹이 난 감자, 말라가는 파프리카, 쪼그라드는 아스파라거스, 푸석해진 사과 모두 넣고 볶다 물을 부었다. 집에 있던 카레 가루의 봉지 설명을 살펴보니 아무래도 단맛이 강할 것 같아 각종 허브와 페페론치노를 추가하여 끓였다. 채소가 익고 카레를 넣고 맛을 보니 맛이 맹숭맹숭하여 간장을 살짝 넣으니 맛이 잡혔다.

음식을 할 때도 기본을 알면 여러 가지로 응용할 수 있다. 그 기본은 그 음식을 특징짓는 중요한 요소를 넣는 것이다. 그게 한국 요리엔 간장과 된장이고 동남아 요리엔 생선액젓, 일본 요리는 단맛이 있는 양조간장과 아지노모토(일본의 조미료로 '미원'의 원조)가 아닌가 한다. 그런 의미로 오늘 나의 카레는 한국풍의 인도 카레 아닐까?

청주에서 강연을 마치고 돌아온 남편과 카레라이스를 먹고 반찬통에 두 그릇을 담아 대영 씨에게 가져다주고 나니 우리 부부가 한 번 더 먹을 만큼 남았다. 무척 많이 했다고 생각했는데 별로 많지 않았던 모양이다.

카레는 역시 어제의 카레가 맛있지

9월 2일

"가장 맛있는 카레는 어제의 카레"라는 말이 있다. 왜 어제의 카레가 더 맛있을까 잠깐 생각해 보았다. 아마도 카레 안의 다양한 재료에서 더 깊은 맛이 우러나고 한 번 더 끓임으로써 이 맛들이 어우러져서 아닐까. 카레가 그렇듯 미역국이나 채개장도 어제의 것이 더 맛있게 느껴진다. 어제의 카레에 아스파라거스를 조금 더 넣고 달걀프라이도 얹었다. 한 끼로 손색이 없다.

태풍 오는 날의 광장시장 풍경
9월 5일

태풍 '힌남노'의 영향으로 남부 지방에는 비와 강한 바람이, 내가 사는 곳에는 비가 많이 내렸다. 약속한 음식 배달 봉사 활동이 있어 이른 아침부터 움직였다. 비가 몹시 내려 우비를 입고 우선을 받쳐 들고 다녔다. 비가 많이 내리니 일이 더 힘들었다. 봉사를 마친 후 근처에 있다는 보리밥집에서 밥을 먹으려고 찾아 나섰다가 실패하고 마을버스를 타고 광장시장으로 갔다.

시장은 제법 활기찼다. 미술 마켓 '프리즈 서울'(Frieze Seoul, 세계적인 규모의 아트페어) 때문인지 외국인들이 많았고 그들은 광장시장에 줄지어 선 비빔밥집과 김밥집, 칼국숫집에서 서툰 젓가락질로 맛있게 식사를 했다. 우리 부부도 비빔밥과 칼제비를 하나씩 시켜서 나눠 먹었다. 평소 자주 가던 칼국숫집이 영업을 하지 않아 약간 마음이 쓰였다. 예전 같지 않아 시장에서 음식을 파는 분들이 무척 친절하다.

계좌 송금으로 계산을 하고 주인분과 이야기를 잠깐 나눴는데 송금했다고 하고는 확인 버튼을 안 누르고, 두 그릇 먹고 한 그릇 값만 송금하는 등 거짓말을 하는 사람들이 많아 무척 속이 상한다고 하셨다. 한 그릇 값을 덜 낸 것이지만 그 한 그릇을 팔기 위해 종일 서서 노력하는 게 속상하다고 하셨다.

식사를 하고 광장시장에 새롭게 문을 연 카페 '어니언'에서 커피를 한 잔 마셨다. 카페 이전엔 포목과 한복 액세서리를 팔았던 집으로 기억한다. 큰 공사를 하지 않고 집기도 시장에 어울리게 한 센스가 좋았다. 광장시장 어니언이 '커피 템플'의 김사홍 바리스타와 협업한 매장이란 사실을 지인을 통해 알게 되었다. 그 사실을 알게 되니 낮에 마셨던 커피가 더 맛있게 느껴졌다. 인간이란 얼마나 간사한가.

또 새로운 호박덮밥

9월 6일

요즘 채소 값이 무척 높다. 애호박 하나에 4,000원 정도다. 그런 애호박, 심지어 비닐을 씌우지 않고 키운 애호박 하나가 냉장고에서 '먹지 않으면 썩어 문드러지리'라고 절규하며 날 바라보았다. 감자도 그랬다. 감자는 미역과 함께 감자 미역된장국으로 생명을 불어넣고 호박은 잘게 썰어 호박덮밥으로 재탄생시켰다. 밥에 얹어 먹는 호박덮밥, 참 맛있다. 이번엔 또 다른 방식으로 해봤다.

호박덮밥

1. 호박 한 개를 도톰하게 채 썬다.

2. 채 썬 호박은 소금을 조금 넣어 절인다.

3. 10여 분 절인 호박은 짜서 물기를 제거한다(너무 세게 짜면 바스러지니 적당히).

4. 호박을 올리브유로 볶는다. 마지막에 후춧가루도 뿌린다.

5. 밥에 버터 한 조각과 호박볶음을 얹고 간장을 살짝 뿌려 비벼 먹는다.

달걀장과 와인
9월 8일

남편이 청주로 강연을 가고 나는 매우 한가한 하루를 갖게 되었다. 오전에 인덕션 상판을 교체했다. 사용 시작한 지 30개월이 지나면 상판을 한 번 교체해 준다는 게 구매 계약 내용이다. 너무 깨끗해 굳이 교체할 필요가 있을까 하는 생각이 들었지만 제공하는 서비스니 받기로 했다. 방문한 서비스 기사도 너무 깨끗하다고 했다. 사용 후 바로 닦기만 하면 되는 인덕션이 더러워질 일이 뭐 있냐 물으니 더러운 집은 무척 더럽고, 주방도 발 디딜 틈이 없거나 바닥에 발바닥이 쩍 달라붙는 집도 있다고 했다. 그렇게 청소도 못 하고 사는 사람의 심정에 잠깐 마음이 쓰였다. 나도 하기 싫은 날은 정말 몇 날 며칠 정리도 청소도 하지 않는데 그런 날은 대체로 마음이 아픈 날이기 때문이다.

　'자연이네 유정란'에 주문한 달걀이 도착해 인덕션 상판 교체 기념으로 달걀장을 했다. 이곳의 달걀을 먹기 시작한 지 8년 정도 되었다. 주문할 때 40알을 주문하고 그것을 한 달 동안 먹는다. 그동안 모아둔 각종 조림 간장에 반숙한 달걀을 넣고 하루 저녁 정도 지나면 반찬이나 안주로 좋은 달걀장이 된다. 이때 반숙 정도가 중요한데 물이 끓고 6분에서 6분 30초면 적당하다. 나는 6분을 조리했더니 노른자가 흐르는 정도가 되었다. 달걀 여섯 알을 했고 밤에 남편 술안주로 한 알 꺼내 주니 좋아했다.

　난 남편이 없는 해방감에 취해 여름내 즐겨 마시던 와인을 한 병 땄고 내친김에 라면도 삶았다. 남편과 같이 있으면 아무래도 자제하는 불량한, 그리고 후회하는 행동이다. 이런 일탈로 약간의 우울감에서 벗어나려 했으나 실패다. 나의 명절 증후군이다.

그래도 명절인데 생선전이라도 부치자
9월 9일

연휴 첫날, 예매해 둔 연극 〈반쪼가리 자작〉을 서계동 '백성
희장민호극장'에서 보고 서울로를 걸어 남대문시장에 갔다.
시장은 생각보다 너무 한산했고 심지어 생선과 채소 등을
파는 곳은 오후 5시였는데 대부분 문을 닫았다. 집에 돌아
가 생선전을 부쳐 먹을 생각으로, 정리를 하는 생선집에서
대구와 명태 생선포를 사고 맞은편에서 청양고추를 샀다.

사 온 생선포를 반만 꺼내 부침가루 묻히고 달걀옷 입혀
생선전을 구웠더니 집 안에 기름 냄새가 났고 남편은 "집에서
기름 냄새가 나니 명절 같다."며 즐거워했다. 생선전을 안주 삼
아 가볍게 화요를 한 병 마시고 넷플릭스로 〈수리남〉을 보았다.

그래, 이렇게 우리끼리 즐거우면 된 거다. 명절이 별거냐!

고추지와 고추지무침

9월 11일

작년 여름에 준일 씨 어머니께서 농사지으신 청양고추를 잔뜩 주셨다. 어떻게 할까 하다 소금물에 그냥 담갔다. 담가 놓고 1년이 지나도록 뚜껑 한 번 열지 않았다. 담그긴 했지만 어떻게 먹어야 할지 모르겠더라. 그래서 오이지와 비슷한 방법으로 담갔으니 비슷한 방법으로 먹으면 되겠지 하고 무쳤다.

고추지무침

고추지: 염도 15퍼센트 소금물에 담가서 냉장고에 1년 넘게 보관해 둠. 고추에 포크로 구멍을 냈음.

1. 고추지는 찬물에 씻어 물기를 짠다. 오이처럼 꼭 짤 필요는 없다.
2. 고추지를 썬다.
3. 고춧가루, 깨소금, 참기름을 2의 고추지에 넣고 젓가락으로 살살 섞듯 무친다.

이렇게 먹으니 맛있다. 맛있는 칼국숫집에서 내는 고추지무침도 이런 고추지로 하겠구나 싶었다. 얼마 없지만 반찬으로 양념으로 열심히 써야겠다.

미역국 맛은 미역에서 시작한다
9월 13일

미역국에서 가장 중요한 것은 역시 미역이다. 건미역은 아무리 잘 불려도 생미역이 내는 식감과 맛을 못 낸다.

냉동고에 있던 염장 미역(생미역을 소금에 버무려 보관)의 소금을 씻어내고 10여 분 불린 후 들기름으로 달달 볶다 물 붓고 다시마와 건표고버섯을 넣고 끓였다. 간장으로 간하고 통영 '성림'의 합자장을 넣어 감칠맛을 올리니 정말 맛있다.

버섯볶음은 양파 볶다 생표고 넣고 천천히 볶다 간장

과 합자장으로 간해 만들었다. 합자장은 나도 최근에 새롭게 알게 된 일종의 양념장이다. 합자는 홍합을 뜻한다. 합자장은 홍합을 소금물에 삶아 건져낸 후 그 물을 여러 차례 합쳐서 오래 조려 만들어낸 농축액이다. 삶아 건져낸 홍합은 말려서 요리에 사용한다. 합자장은 감칠맛이 강해서 어느 음식에나 조금만 넣어도 음식의 풍미가 확 살아나는 마법 같은 장으로 나는 조미료 대신 사용한다.

별 반찬 없어도 국이 맛있으면 오케이
9월 13일

반찬은 하기 싫지만 밥은 먹어야 하기에 냉장고를 뒤진다. 작년 봄에 담근 명이 장아찌를 꺼냈다. 먹을 만하다. 고기를 먹었으면 이미 오래전에 다 먹었을 텐데 남았다. 밥을 싸 먹어도 맛있다. 고추지무침은 의외로 만족감이 높다.

국도 어제 끓인 미역국, 반찬은 모두 냉장고에 있던 것들, 밥만 새로 했다. 별 반찬 없어도 밥이 맛있으면 된다.

콩나물국과 무침을 동시에
9월 15일

콩나물 한 봉지 사면 국과 무침을 동시에 한다. 국을 끓이는 척하면서 국의 일부 콩나물을 꺼내 무치는 것이다. 무침에 당근과 양파를 조금 채 썰어 넣으니 색도 식감도 더 좋다. 국은 소금과 새우젓으로 간했다. 오늘 국과 무침 모두 잘되었다.

　콩나물을 끓일 땐 처음부터 뚜껑을 덮거나 열거나 선택해야 한다. 열었다 닫았다 변덕을 부리면 비린내가 난다. 콩나물국은 소금으로 1차 간, 새우젓으로 2차 간을 한다. 마늘은 너무 많이 사용하지 않는다. 깔끔한 맛이 줄어든다.

우리 집 북토크 '소금책'에 떡볶이를 내다
9월 16일

한 달에 한 번 집에서 진행하는 북토크, '소금책'. 9월엔 요조 작가를 모시고 진행했다. 소금책에선 간단히 먹을 것을 주기도 하여 일단 요조 씨에게 어떤 음식이면 좋겠냐 물으니 역시 『아무튼, 떡볶이』의 저자답게 일 초의 망설임도 없이 '떡볶이'라고 했다. 난 떡볶이를 잘 못한다. 그래서 여기저기 레시피를 찾고 가장 대중적인 맛으로 해보기로 했다. 한 번의 예습을 통해 오늘의 떡볶이를 완성했다. 오늘의 특별 도우미는 동네 친구 임세미 배우. 손끝이 야무진 세미 씨가 일을 도와줘서 음식을 준비하는 데 한결 편했다.

북토크 주인공 요조 씨와 해금 연주자 이소연 씨 모두

행사보다 1시간 일찍 왔다. 이들을 위해 떡볶이와 김밥을 냈다. 요조 씨는 정말 내가 본 이래로 가장 의욕적으로 음식을 드셨고 떡볶이가 맛있다고 했다. 소금책에 오신 손님들도 떡볶이를 맛있게 드셨다. 역시 떡볶이는 밀떡에 설탕이 들어가야 했다. 어묵 대신 사용해 본 유부는 훌륭했다.

떡볶이 양념은 고춧가루 1 : 고추장 1.5 : 양조간장 2 : 설탕 1.5 비율로 했다. 보통 떡볶이 레시피에서는 설탕이 2다. 음식 할 때 여간해선 설탕을 사용하지 않지만 이 음식에는 꼭 필요해서 마음 편하게 사용했다. 고춧가루는 작년에 내가 판매한 명품 고춧가루, 고추장은 동네 주민 성화숙님의 것, 양조간장은 샘표, 유부와 떡볶이 밀떡은 돈암시장 '한냉상회'에서 구매했고, 꼬마김밥엔 내가 만든 고추지와 깻잎을 넣었다.

양배추와 버섯으로 끓인 맑은 찌개
9월 19일

식재료가 쌓인 냉장고를 들여다보면 체한 것처럼 속이 답답하다. 그래서 손님을 치르고 난 후 나는 근심이 쌓인다. 손님맞이 후엔 어쩔 수 없이 식재료가 남기 때문이다. 이번에 처리해야 할 식재료는 양배추와 버섯이었다. 양배추와 양파와 버섯을 볶아야지 생각하고 꺼냈다가 마음이 바뀌었다. 양배추와 버섯이 국물을 내면 맛이 있을 테니 찌개를 끓여야겠단 생각이 난 것이다.

양배추 버섯 찌개

재료: 양배추 약간, 양파 1/3조각, 버섯(표고) 3개, 다시마, 청양고추, 국간장 1큰술, 고춧가루 1/2큰술, 소금 약간, 물

500밀리리터

1. 양배추, 양파, 버섯, 다시마를 넣고 물을 부어 끓인다.

2. 물이 끓은 후 재료가 익으면 국간장으로 간을 하고 고춧가루를 넣는다.

3. 먹기 전에 소금으로 부족한 간을 한 후 청양고추를 올린다.

　　맑고 달큼한 맛의 아침에 먹기 좋은 찌개가 된다. 채소를 알뜰히 먹는 좋은 방법 중 하나인 끓이기다.

평생 한 가지 음식만 먹는다면
9월 20일

밖에서 일을 하느라 돌아다닐 때 가장 자주 먹는 음식은 김밥이다. 낯선 곳에서 약속이 있고 식사를 혼자 해야 할 것 같으면 김밥집을 검색해 리뷰를 살핀다. 그리고 사람들이 몰리는 시간을 살짝 피해 간다. 오늘도 그렇고 어제도 그랬다. 때론 실패하고 때론 성공한다.

김밥 한 줄이면 내 위장은 꽉 차지만 혼자 들어가 달랑 김밥 한 줄 시키기는 조금 미안해 언제나 뭔가를 더 주문해 남기고 나온다. 어젠 잔치국수, 오늘은 라볶이였다. 잔치국수와 먹은 김밥은 대충 말은 기본 김밥이었는데 밥을 잘 지어 맛있고 과하지 않아 국수와 먹기 딱 좋았다. 라볶이와 먹은 유부 김밥은 김밥을 크게 말아 옆구리가 터질 뿐만 아니라 한 입에 넣기에 어려움이 많았고 속 재료가 과하게 들어가 라볶이와 같이 먹기엔 과했다.

　‘만약 평생 한 가지 음식만 먹어야 한다면 당신은 어떤 음식을 선택하겠소?’라고 물으면 나는 ‘김밥이오.’라고 답해야겠다는 생각이 들었다. 난 매일 김밥을 먹어도 매일 김밥이 맛있다. 김밥을 쌀 때 부리는 다양한 변주도 너무 재미있다. 그런데 뭐니 뭐니 해도 잘 지어 간을 잘한 밥에 화려하지 않은 기본 재료(단무지, 달걀, 당근, 오이나 시금치, 어묵)를 넣어 만든 김밥이 질리지 않고 가장 맛있다.

한밤의 술상, 전복버터구이와 전복죽
9월 21일

목포에 사시는 이춘도 선생님의 사랑이 가득 담긴 전복, 아이 머리통만 한 살아 있는 전복이 왔다. 받자마자 돌려보낼 수도 없으니 감사하게 맛있게 잘 먹겠다 인사를 전했다. 내가 본 전복 중 가장 큰 전복 같았다.

　마침 창원에서 강연을 마치고 올라오는 남편이 독한 술과 기름진 음식을 먹고 싶다고 톡을 보내왔다. 그래서 전복을 버터에 굽고 내장은 발라내 전복죽을 끓였다. 한밤의 만찬이었다. 남편은 감탄했고 나는 뿌듯했다. 전복회를 좋아하는 사람도 많지만 난 전복은 버터구이와 죽으로 요리해 먹는 게 좋다.

전복버터구이

1. 전복을 손질해 등 쪽에 칼집을 낸다(내장 분리).

2. 달군 팬에 버터와 전복을 넣고 와인이나 정종을 조금 붓는다.

3. 전복이 익도록 팬의 뚜껑을 잠깐 덮는다.

4. 먹기 전에 소금과 후춧가루를 살짝 뿌린다.

전복죽

내장을 넣는 게 맛있지만 반드시 싱싱한 전복의 내장만 사용한다.

1. 전복 내장은 칼로 잘게 다지거나 그라인더로 간다.

2. 솥에 불린 쌀을 넣고 들기름을 넣어 볶는다.

3. 쌀이 어느 정도 볶아지면 1의 내장도 넣고 같이 볶는다.

4. 밥할 때보다 물을 4~5배 더 붓고 끓인다.

5. 다 되었을 즈음 간장으로 간하고 참기름 살짝 둘러 먹는다.

아름답고 맛있는 비건 식사 한 끼
9월 22일

듣고 싶던 비건 요리 수업에 공석이 생겼다는 공지를 보았다. 너무 기뻐서 냉큼 신청했다. 강사는 『매일 한끼 비건 집밥』의 저자인 요리 연구가 이윤서 씨로 매크로바이오틱에 기초한 가을 섭생 과정을 수강했다. 부부가 같이 수업을 진행하는데 그 방식은 편안했고 내용은 알찼다.

오늘 배운 음식은 무화과 연근 튀김 샐러드, 단호박 샌드위치, 미네스트로네(이탈리아식 채소 수프)다. 하나같이 만들기가 어렵지 않았고 맛도 좋았다. 특히 미네스트로네는 보통 고기와 버터와 치킨 스톡을 넣어 끓이지만 선생님의 방식은 렌틸콩을 넣고 토마토 양도 적게 한 맑은 채소 수프였다. 한 숟갈 떠서 입에 넣는 순간 온몸이 따듯해지는 기분이 들었다. 쌀쌀한 날, 몸도 마음도 따듯하게 하기에 충분한 음식이었다.

요리 수업을 뭐 그리 많이 오래 다니냐 묻는 사람도 있는데 선생님마다 그 내용도 다르고 식재료를 대하는 자세나 방법도 달라서 그것을 하나씩 배우는 재미가 크다. 같은 식재료라도 한식과 서양식에서 다루는 방식이 다르다. 이렇게 다른 점을 하나씩 배워 연결하면 나만의 특별한 조리법도 생겨난다. 그러나 무엇보다 선생님들의 음식을 대하는 철학이나 자세를 배우는 것이 참 좋다. 좋은 선생님을 만나 제대로 음식을 배우면 음식에 대한 애정이 절로 생기기 때문이다. 물론 수업 후 선생님께서 차려내신 음식을 먹는 것은 여느 파인 다이닝 음식 못지않다. 배우고 먹고, 이것이야말로 최고의 취미 생활이 아닌가 싶다.

문득, 어떤 생각을 하다
9월 23일

문득 '365일 중 며칠이나 밥을 하고 싶을까?'라는 질문이 생겼고 '65일쯤은 되지 않을까.'라고 답했다. 오늘은 365일 중 300일에 해당되는 날이다. 이유는 나도 알 수 없다. 냉장고를 열기도 싫다. 날 위해선 절대로 밥을 해야겠다는 생각이 들지 않는다.

　　이런 생각을 한 추분이다. 추명국은 활짝 폈다.

나누고 싶지 않은 음식과 나누고 싶은 마음
9월 25일

좋은 식재료가 생기면 나눠 먹을 생각을 했는데 선물 받은 전복은 남편과 둘이서만 먹었다. 보내준 마음을 그렇게 받고 싶었다.

살아 있는 전복을 얼렸다 찬물에 해동하고 내장은 분리해 갈아 쌀에 넣어 올리브유와 와인 넣고 볶다가 뜸 들일 때 버터에 볶은 전복과 버섯 그리고 대파를 얹어 전복 솥밥을 완성했다.

최근에 양배추와 버섯, 양파를 넣고 끓인 맑은 국은 가히 환상이다. 다시마 달랑 한 장 넣고 간은 간장과 소금으로 했다. 내가 아는 사람 모두가 이 국을 알았으면 좋겠다.

꼬마김밥 두 번 말고 냉동고 정리

9월 26일

남편이 강연 촬영이 있다고 하여 후다닥 밥을 먹일 생각으로 꼬마김밥을 말았다. 냉장고에 있던 오래 묵은 곱창김을 구워 4등분하고 냉장고에 있던 재료들을 사용했다. 보통의 김밥에는 단무지를 비롯한 기본 속 재료를 왠지 꼭 넣어야 할 것 같은 반면 꼬마김밥에는 아무거나 원칙 없이 넣어도 될 거 같아 마음의 부담이 적다.

아침엔 남편을 위해, 저녁엔 세희 씨와 준일 씨 커플을 위해 김밥을 말았다. 마당에 핀 추명국도 잘라 꽂고 아껴두었던 반건조 생선도 쪄서 즐겁게 먹고 마셨다.

꼬마김밥

1. 밥을 하여 참기름, 깨소금, 소금을 넣어 비벼 준비한다.
2. 김은 4등분한다.
3. 속 재료는 어묵, 단무지, 버섯, 고추지무침이다. 어묵과 버섯은 볶아서 준비한다.
4. 김 위에 밥을 올리고 속 재료 넣어 돌돌 만다.

오후엔 냉동고를 정리했다. 살림을 10년 넘게 했는데 여전히 먹지 않을 음식으로 냉동고를 채웠다 그 음식을 버린다. 대표적인 게 떡이나 빵이다. 평소 떡을 좋아하지 않아 내가 사는 법은 없는데 누군가 선물로 주면 받아서 먹지 않고 냉동고에 보관했다 버린다. 이 무슨 어리석은 짓인가! 오늘 버린 음식도 떡이 대부분이었다. 먹지 않고 사용하지 않을 것은 거절하고 사지 말아야 한다.

어떻게든 냉장고를 비운 후엔 다른 식재료를 사려고 노력한다. 냉장고에 보관하는 식재료나 음식이 많을수록 버리는 음식도 늘어난다. 이것은 규칙이다. 더더더 비우고 살자.

진주의 상경과 음식의 힘
9월 27일

결혼해 김제에 사는 진주가 서울에 왔다. 오전 11시에 광장시장의 어니언 근처에서 만나기로 했고 난 10분 전에 도착했다. 어니언 앞에는 스무 명 정도 손님이 카페 시작을 기다리고 있었다. 곧 진주가 도착했고 우린 카페 스타일에 대해 잠깐 얘기를 나누고 광장시장으로 들어갔다.

　광장시장에는 내가 좋아하는 김밥, 칼국수, 비빔밥 가게가 많아서 참 좋다. 광장시장에서 이런 음식을 파는 분들의 내공은 정말 놀랍다. 같은 음식을 수십 년 동안 만들어 파시니 말이다. 진주가 선택한 음식은 비빔밥이었고 난 칼제비를 주문했다. 국물이 조금 달았지만 반죽이 참 좋았다.

칼국수는 역시 '고향 칼국수'의 것이 내 입맛에 맞다. 비빔밥을 먹으며 근황 이야기를 나눴다. 진주 남편의 성실함에 대해, 지방 생활의 단조로움에 대해. 결국 진주는 다양한 자극을 위해 일부러라도 일을 만들어 서울에 정기적으로 올라와야겠다고 했고 그러기엔 뭔가 배우는 게 가장 좋다고 내 생각을 말했다.

진주와는 음식 공부를 하면서 알게 되었으니 어느덧 7년 정도 된 것 같다. 그 사이 진주는 직장을 그만두고 자기 사업을 시작했으며 연애도 하고 결혼도 했다. 진주의 결혼식에서 남편은 "어른 말 듣지 말라."는 축사를 했고 난 코로나19 백신 후유증으로 결혼식에도 가지 못했다. 공부 주제가 음식이 아니었다면 나이 차이가 제법 나는 진주와 내가 친구처럼 지낼 수 있었을까. 음식은 여러모로 관계를 단단하게 하는 힘이 있다.

미역국에 옥돔 퐁당, 옥돔 미역국
9월 29일

며칠 이어진 외식의 대가는 남편의 "배 아파."로 이어진다. 이럴 땐 집밥이 특효다. 냉동고에 있던 옥돔을 꺼내 미역국을 끓였다. 요즘 먹는 미역은 염장 미역이다. 이 미역 저 미역 다 먹어봤는데 염장 미역이 젤 낫다. 염장 미역은 건조시키지 않고 소금에 넣어 보관한 미역이다. 특별히 불릴 필요 없이 소금을 씻어내고 바로 국을 끓여도 되고 20~30분 물에 담갔다 건져 무치거나 냉국을 만들어도 된다. 가격도 저렴하다.

옥돔 미역국은 미역을 들기름에 볶고 여기에 옥돔(냉동한 것을 넣었다)을 넣고 끓이고 간장과 소금으로 간하고 마지막에 생강술 넣고 합자장으로 감칠맛을 올렸다. 배 아프다던 남편은 미역국을 두 그릇 먹었다. 나 역시 미역국을 한 사발 맛나게 먹었다.

뿌리채소의 계절이 왔다
9월 30일

오전 강의가 있는 남편의 밥상을 간단히 차렸다. 달걀프라이 2개, 연두부, 토마토 착즙. 이 정도면 나쁘지 않다. 저녁엔 뿌리채소의 계절을 맞이하여 연근과 우엉을 사서 밥을 지었는데, 이름하여 연근우엉버섯솥밥은 매우 성공적이었다.

연근우엉버섯솥밥

버섯과 다시마로 국물을 내고 이 국물로 밥물을 했다. 당연히 국물 낸 버섯과 다시마는 밥할 때 같이 넣었다.

1. 연근은 납작하게, 우엉은 채 썰어 소금을 살짝 뿌려 들기름
   에 볶는다.
2. 솥에 불린 쌀과 1을 넣고 간장(내가 담근 집간장) 2작은술
   과 들기름을 넣어 고루 섞으며 살짝 볶는다.
3. 2에 밥물을 붓고 밥을 한다.

　　나는 스테인리스 솥에 쌀을 안쳐 인덕션 7(9까지 있
음)로 시작해 밥물이 자작해지면 불을 3으로 줄이고 13분간
유지하다 불을 끄고 2~3분쯤 됐다 푼다. 오늘 연근우엉버섯
솥밥도 성공적이었다. 연근은 식감을, 우엉은 향을, 버섯은
맛을 담당했고 이 모두를 간장과 들기름이 통솔했다.

제 밥상의 힘은 남편과 친구들입니다

무슨 일이라도 꾸준히 해보자는 각오로 시작한 것이 '식사 일기 쓰기'였습니다. 일상에서 내가 꾸준히 하는 일이 무엇인가 생각해 보니 먹고 자는 것 외에 특별한 것이 없었습니다. 그래서 한 해의 끝 무렵인 10월 1일부터 충동적으로 일기 쓰기를 결심했고 일 년간 하루도 빠짐없이 썼습니다. 처음에는 그날의 일기를 그날 밤에 썼습니다. 그런데 밤엔 술을 마시는 날이 많아 일기의 질이 현저하게 낮아질 수밖에 없었습니다. 마음을 바꿨습니다. 아침에 일기를 쓰자. 그다음 날부터 아침에 눈을 뜨자마자 어제의 일기를 썼습니다. 아침 시간에 지난 하루를 돌아보는 일은 생각보다 좋았습니다. 사진을 찍어둔 덕에 기억도 선명하게 났습니다. 그렇게 꼬박 일 년의 기록과 생각을 모았습니다.

일기 쓰기는 저에게 뜻밖의 성장을 선물했습니다. 일기를 쓰기 시작한 뒤로 더 좋은 밥상 사진을 얻기 위해 정성 들여 상을 차렸고, 평소라면 그냥 넘겼을 낯선 식재료와 조리 방법에 대해서도 새삼 공부를 했습니다. 외식이 길게 이어진다 싶을 때는 식사 일기를 쓰기 위해 일부러 주방에 서기도 했습니다. 일 년 동안 쓸 수 있을까 의심도 많이 했는데 결국 써냈다는 것이 신통방통하고 기특합니다. 책을 내기 전 다시 원고를 들여다보니 조금 창피하긴 하지만 나름 소박하면서도 제가 차릴 수 있는 밥상을 위해 최선을 다한 게 대견하게 느껴졌습니다.

일기를 마무리하며 알게 된 게 몇 가지 있습니다.

첫째, 무슨 일이든 지속하기 위해서는 루틴을 만드는

것이 중요하다는 사실입니다. 아침에 눈뜨자마자 어제 무엇을, 누구와, 어떻게 먹었는지 돌이키는 일은 종종 귀찮기도 했지만 일기를 쓰고 나면 뿌듯했고 그 뿌듯함이 365일 지속된 것은 살면서 별로 가져보지 못했던 경험입니다. 이런 자세만 유지할 수 있다면 다른 일도 못 할 게 없다는 자신감을 얻었습니다.

둘째, 제가 무엇을 소중히 여기는지 알게 되었습니다. 자신이 좋아하고 싫어하는 것이 무엇인지 정확히 모르는 경우는 흔합니다. 저 역시 어떤 음식, 어떤 사람을 좋아하는지 잘 몰랐으니까요. 일기를 되짚어 읽으며 비로소 알았습니다. 저는 우리 땅에서 난, 촌스럽지만 질리지 않는 제철 식재료로 만든 소박한 음식을 좋아하고, 주고받는 것에 기뻐하고 감사할 줄 아는 친구들을 소중히 여긴다는 것을.

셋째, 건강하고 지속 가능한 식생활이 어떤 것인지에 대해 더 자신 있게 말할 수 있게 되었습니다. 우리 부부는 제철 식재료로 쉽게 만들어 단출하게 먹었습니다. 그리고 고기 없이도 건강하고 활기찬 일 년을 보낼 수 있었습니다. 또한 한 해의 기록을 돌아보며 두 사람에게 필요한 식재료의 양이나 구매법도 정확하게 알았습니다. 그것은 지구에게 덜 미안한 식탁을 차리는 사람들의 태도와 일치해서 또 다른 뿌듯함을 안겨주었습니다.

넷째, 음식을 같이 먹는 사람이 내 밥상의 힘이란 사실을 알았습니다. 음식을 맛있게 먹어주는 사람은 밥상의 주인입니다. 제가 차린 음식을 한결같은 태도로 맛있다고 칭찬해 준 남편이 없었다면 전 밥상 차리는 일에 금방 흥미를 잃었을 것입니다. 스스럼없이 찾아와 밥을 달라 청하고 같이 밥 먹자는 말에 기꺼이 우리 식탁 앞에 와준 동네 친구들이 없었다면 밥상의 다양성을 위해 공부하는 저는 없었을 것입니다.

일기는 365일 매일 썼지만 이 책에는 비슷한 일상은 빼고 실었습니다. 하지만 하루하루 기록의 기억은 제 몸과 마음에 남아 보다 새로우면서도 건강한 식탁을 꿈꾸게 합니다. 이제 일 년의 기록을 당신께 넘기고 저는 새 일기장을 꺼냅니다. 이번에 쓰는 식사 일기엔 또 어떤 식재료와 음식과 사람이 담길지 궁금해집니다. 여러분 모두 부디 건강하고 즐거운 식사 생활을 이어가길 바랍니다.

부부가 둘 다 잘 먹었습니다
성북동 소행성 부부의 일상 식사 일기

초판 1쇄 발행 2023년 3월 10일
초판 2쇄 발행 2023년 3월 29일

지은이 윤혜자
펴낸이 안지선

편집 배수은
디자인 야생녀
교정 신정진
마케팅 최지연 이유리 김현지
제작 투자 타인의취향
제작처 상식문화

펴낸곳 (주)몽스북
출판등록 2018년 10월 22일 제2018-000212호
주소 서울시 강남구 학동로4길15 724
이메일 monsbook33@gmail.com

ISBN 979-11-91401-68-4 03810

mons
(주)몽스북은 생활 철학, 미식, 환경, 디자인, 리빙 등 일상의 의미와
라이프스타일의 가치를 담은 창작물을 소개합니다.